MR(下)

久坂部　羊

MR
（下）

MR(下)＊目次

主要登場人物

紀尾中正樹――天保薬品堺営業所・所長
池野慶一――同右・チーフMR
市橋和己――同右・池野チームのMR
山田麻弥――同右・池野チームのMR
牧健吾――同右・池野チームのMR
野々村光一――同右・池野チームのMR
肥後准三郎――同右・チーフMR
殿村康彦――同右・チーフMR
万代智介――天保薬品・代表取締役社長
栗林哲子――同右・経営企画担当常務
五十川和彦――同右・総務部長

田野保夫――同右・大阪支店・支店長
有馬恭司――同右・新宿営業所・所長
平良耕太――同右・創薬開発部・主任
鮫島淳――タウロス・ジャパン・営業課長
乾肇――泉州医科大学・学長
八神功治郎――北摂大学・代謝内科教授
岡部信義――阪都大学・代謝内科教授
守谷誠――同右・代謝内科准教授
堂之上彰浩――同右・代謝内科講師
安富匡――同右・生命機能研究センター長

22　韓国への調査出張

牧健吾《まきけんご》が関西国際空港に到着したのは、午前七時二十分だった。殿村《とのむら》との待ち合わせは七時半だから、ちょうどいい時間だ。機内に持ち込めるビジネスバッグを持って、四階の国際線出発ロビーに向かう。

待ち合わせ場所のアシアナ航空のカウンターでは、殿村が先に待っていた。

「殿村さん早いですね」

見ると、殿村はショルダーバッグのほかに、大きなスーツケースを持っていた。二泊三日の出張で、なぜそんな荷物がいるのか。時間の節約を考えてビジネスバッグだけにした牧は、機内預けになる荷物に不満だったが、チーフＭＲに文句は言えない。

牧と殿村が韓国への調査出張に行くことに決まったのは、先週の金曜日だった。

十二月十二日に発刊された「リピッド・ジャーナル」の新年号に、八神《やがみ》の論文が掲載され、表紙にも論文のタイトルが掲げられた。これでグリンガは専門家の注目を集めることだろう。

おまけに、四月の日本代謝内科学会総会で、八神が特別講演でこの論文を発表することが、プログラム担当のスタッフから知らされた。総会は乾《いぬい》が主宰するので、泉州《せんしゅう》医科大学の代謝内科は医局を挙げて、その準備にかかっているのだった。

そんな状況で、紀尾中《きおなか》以下、堺《さかい》営業所の面々は重苦しい雰囲気に包まれていた。

韓国出張の人選は紀尾中が決めた。牧は堂之上《どうのうえ》のコンプライアンス違反の件での活躍が評価され、韓国でも成果を挙げると期待されてのことだ。殿村が選ばれた理由はわからない。ヒラのMRだけでは先方に失礼なので、チーフMRを同行させたということか。いずれにせよ、牧は自分が中心になって動かなければならないと気を引き締めた。

チェックインを終えて、出国までには時間があるので、二人は二階のスターバックスでコーヒーを飲んだ。スーツケースを大事そうに持つ殿村を見て、牧は不安を感じた。殿村は人は悪くないが、話が通じにくいところがある。突拍子もないことを言ったり、意外な行動に出たりもする。

「殿村さんは向こうでアテンドしてくれる笹川《ささがわ》先生をご存じですか」

「いや。知らない」

現地で調査を手伝ってくれる人間が必要だったので、紀尾中があちこち問い合わせ、天王《てんのう》寺《じ》大学からソウル大学に留学している医師を見つけた。それが笹川で、所属先の呼吸器内科の教授を通して協力を依頼したのだ。

「向こうに着いたら、まずはＫＤＲの調査からはじめましょうか」

八神らの研究に助成金を出したＫＤＲは、その後の調べで実在することがわかった。牧が韓国関係の『ＮＰＯネット』というサイトで見つけたのだ。住所はソウル特別市中区《チュング》乙支路《ウルチロ》３街《ガ》３６５－８。代表理事はヒュンスン・メディカルセンターの院長、カン・チャンギュで、活動内容は『健康情報発信・医学研究および調査の支援』となっていた。設立は四年前で、Ｔ－ＳＥＣＴ《セクト》の治験がはじまった時期と一致している。データはそれだけで、ＵＲＬなどの記載もなかった。

　ＫＤＲが出した助成金は、この規模の研究なら日本側と折半した場合、二億円前後だろう。ＫＤＲはその予算をどこから得たのか。もしもタウロス・ジャパンとの関わりが判明すれば、利益相反ということになる。ＮＰＯなら収支は公表されているはずだから、韓国で調べれば情報が得られるだろう。

「ＫＤＲにタウロス・ジャパンから資金提供があったとしても、簡単にわかるようにはしていないんじゃないですか」

「だろうね」

「じゃあ、どうすれば」

「相手方から裏切り者をさがすのが手っ取り早いね。内部の事情を知っている人間に協力してもらうんだ」

簡単に言うが、そんな相手がすぐ見つかるのか。

「とにかく、手ぶらで帰るわけにはいきませんから」

牧は自分に言い聞かせながら、半分は殿村にも念を押す気持で搭乗時刻を待った。


関西国際空港を定刻に飛び立ったアシアナ航空9612便は、予定時刻通り仁川《インチョン》国際空港に到着した。大阪を出るときは晴れていたが、ソウルは分厚い雲に覆われて、みぞれもようだった。入国審査と手荷物の受け取りで時間がかかり、到着ロビーに出てきたのは午後一時をすぎていた。

出迎えの笹川医師は、キャメル色のカシミアコートにグレーのソフト帽という出で立ちで、牧たちの名前を書いたフリップを持って立っていた。

「この度はお世話になります。よろしくお願いいたします」

牧が挨拶をすると、笹川はソフト帽を軽く持ち上げて人懐こい笑顔を見せた。三十代後半のいかにも優秀な医師という印象だ。駐車場に向けて建物の外へ出ると、首筋に冷気が張りついた。

「ソウルは大阪より寒いでしょう。これでも今年はまだましなんですよ」

「思っていたより寒いです。使い捨てカイロを持ってくればよかった」

牧が丈の短いビジネスコートの襟もとを合わせると、ダスターコート姿の殿村は、左右を見まわしながら朗らかに言った。

「韓国と言えばオンドルですよね。ホテルにもあるんでしょうか」

「今はありませんよ。日本と同じ床暖房が行き渡っていますから」

「飛鳥時代に朝鮮半島から来た渡来人は、日本でもオンドルの家を作っていたそうですよ」

仕事に関係のない話をする殿村に苛立ち、牧が割って入った。

「笹川先生はこちらに来られて長いんですか」

「もうじき四年になります。来年の三月で任期終了なんで、年が明けたら帰国の準備をはじめようかと思っています」

「今回の出張は、ちょっと厄介な仕事で、うちの紀尾中から連絡が行っていると思いますが、『リピッド・ジャーナル』という雑誌に発表された論文についての調査なんです」

「うかがっています。論文の元になったT－SECTの治験には、たしかに気になる点がありますね」

笹川の返答に期待できるものを感じたが、歩きながらでは本題に入りにくいので、「ご面倒をおかけしますが、よろしくお願いいたします」と、いったん話を打ち切った。

笹川の車でソウル市内に向かい、予約してあるホテルに直行する。チェックインをすませたあと、一階のロビーで打ち合わせをした。

笹川はｉＰａｄを取り出し、スケジュールのページを開いた。

「今日はまず、ＫＤＲの事務所の確認ですね。私も調べてみましたが、実態がよくわからないんです。韓国版のネットには活動内容は出ていましたが、事業報告書や収支報告の類は見当たりません。もしかしたら正式なＮＰＯではなくて、任意団体なのかもしれません」

「その団体に、タウロス・ジャパンから資金が流れているという情報はありませんか」

性急に訊ねた牧に、笹川は残念そうに首を振った。

「とにかく、ＫＤＲの事務所に行ってみましょう。飛び込みになりますが、警戒する余裕を与えないほうがいいでしょう」

笹川はさらに続ける。

「明日はヒュンスン・メディカルセンターにアポを取っています。院長のカン・チャンギュ先生に、Ｔ－ＳＥＣＴの論文について聞きたいことがあると申し入れると、喜んでお目にかかるとのことでした。そればかりか、今夜、お二人を食事に招待したいとおっしゃっています」

調査する相手と事前に会うのはどうだろう。こちらの疑問を探られないともかぎらない。

適当な理由をつけて断ったほうがと、牧が思う間もなく殿村が笹川に答えた。

「ありがとうございます。喜んでご招待にあずかります」

「ちょっと、殿村さん。いいんですか」

「何が」

笹川の手前、あまり先方を疑うようなことも言いにくい。牧が困惑の表情を浮かべると、笹川はとりなすように言った。

「別に警戒することはないと思いますよ。私も同席させていただきますし、カン先生は日本語も堪能ですから」

続いて二日目の予定を話す。

「午前中にヒュンスン・メディカルセンターを訪問し、カン院長ほかT-SECTに関わった先生方を紹介してもらいます。昼食のあと、午後はヒュンスン・メディカルセンターの治験管理推進室で、治験コーディネーターに会っていただきます」

「それで、内々にお願いした件は大丈夫でしょうか」

牧が遠慮がちに確認したのは、病院側に知られずに話を聞ける関係者との面会だった。治験に問題があれば、病院側は当然、都合のいい人間にしか会わせないだろう。だから、裏の事実を聞かせてくれる相手を頼んだのだ。

「大丈夫です。治験コーディネーターの女性に、内密で話を聞かせてほしいと頼んでいます。明日の晩は、彼女を招いて食事会を予定しています」

「ありがとうございます」

「三日目は予備日ということにして、特に予定は入れていません」

「承知しました。よろしいですね、殿村さん」

「うん。それで今日、ＫＤＲへ行ってから夜の食事に行くまでに、ホテルにもどる余裕はありますか」

「それは大丈夫だと思いますが——」

笹川が戸惑い気味に答えると、殿村は安心したようにうなずいた。なぜそんなことを聞くのか、牧は見当もつかなかった。


ＫＤＲの事務所がある乙支路3街は、牧たちがチェックインしたホテルのある明洞《ミョンドン》から地下鉄で一駅の距離だった。

笹川の車でオフィスビルの立ち並ぶ大通りを進み、地下鉄の駅を過ぎたあたりを曲がると、下町風の店が並ぶ地域に入った。笹川は路上駐車の列を眺めながら、空きスペースを見つけて素早く車を縦列駐車させた。

「ここは駐車可なんですか」

「駐禁ですが、これだけ車が並んでいれば大丈夫ですよ。取り締まりに引っかかったら、運が悪いとあきらめます」

笹川は軽く答え、住所を打ち込んだグーグルマップを頼りに、通りの番地を確認した。

車外に出ると、みぞれは降っていないが、刺すような空気の冷たさに牧は思わず肩をすくめた。通りを行き交う人々はコートの襟を立て、寒そうに背中を丸めている。店先には鉛色の空とは対照的に、黄色や赤や青の派手な看板が並び、記号めいたハングル文字が躍っている。

「もう少し先ですね」

笹川がナビを見ながら進む。塗料の剝げかけた横断歩道を渡ると、バラックのようなマーケットがあり、露店が食料やさまざまな生活用品を並べていた。

「番地はここですが、こんなところに事務所があるんでしょうか」

案内しながら、笹川が不安そうにつぶやく。

「奥にあるんじゃないですか」

牧が薄暗いアーケードの奥をのぞき込むと、殿村は「じゃあ、入ってみましょう」と先に進んだ。

買い物客はまばらで、店番をしている男女が暗い目でこちらを見つめている。頭上には裸電球が灯《とも》り、埃の積もった電線がよじれた神経のように走っている。牧は周囲に聞きとがめられないよう笹川に低く訊ねた。

「番地からはどの建物かはわからないんですか」

「365－8というのがこのマーケット全体の番地みたいです。ちょっと聞いてみますね」

笹川は果物屋の女性に韓国語で声をかけた。左右を見て、場所をさがしている手ぶりを加える。牧が聞き取れたのは、KDRという略語だけだった。女性は首を振って短く答えた。わからないと言っているのだろう。

「だめですね。別のところで聞いてみましょう」

さらに奥に進むと、アーケードが途切れ、中庭のようなところに出た。ゴミの吹き溜まりがあり、汚水が流れている。破れた金網や剝がれた貼り紙がいかにも殺伐とした雰囲気だ。奥は雑居ビルの裏手で、勝手口らしい扉はあるが、板を打ちつけて開けられないようにしてある。

「おかしいですね。向こう側は別の建物ですから番地がちがうはずです」

笹川はアーケード内にもどり、店先にLEDの電球を灯した靴屋に韓国語で訊ねた。二、三やり取りをしたあと、振り返って首を振る。

「このあたりにそんな事務所はないと言っています。店の入れ替えはあっても、マーケットに関係のない業者は入れないそうです」

「さっきの扉が塞がれていた雑居ビルはどうでしょう。番地がまちがっているのかもしれませんし、向こう側から見てみませんか」

牧が提案すると、笹川は「そうですね」と気軽に応じて出口に引き返した。殿村は店に並べられた日用品に興味があるようだったが、黙ってあとからついてきた。

西の通りにつながる路地を進んで、マーケットの裏にあたる場所をさがした。ふたたび看板と電線が頭上を覆う通りを行くと、笹川が古びたタイル張りのビルの前で立ち止まり、「ここです」と上を見上げた。一階は韓国料理の店で、通路の奥にコンクリートの階段がある。入口にテナント用の郵便受けがあり、笹川はまずそれをチェックした。

「KDRらしい名前はありませんね」

郵便受けにはマジックインクで走り書きしたハングルや、怪しげなシールが貼ってあり、まともなテナントが入っているようには思えない。

「ちょっと聞いてきます」

笹川は狭い階段を足早に上り、二階の扉をノックした。だれかと話している声が聞こえ、やがて扉が閉まる音がして、笹川が下りてきた。

「ここもちがうようです。このビルの半分は下の韓国料理店の寮で、事務所のようなものは入っていないと言っていました」

「そうですか。ありがとうございます」

通りにもどると笹川が牧に問うた。

「どうします。もう少しこの近所をさがしてみますか」

「いえ、けっこうです。事務所の実態を確かめようと思っていましたが、ネットに出ていた住所に事務所がないことがわかっただけでも収穫です。幽霊団体であることの根拠にもなるわけですから。ねえ、殿村さん」

牧が念を押すと、殿村は「幽霊の団体？」と怪訝《けげん》な顔で聞き返した。

それを無視して、牧が笹川に時間を訊ねた。

「まだ午後五時前です。会食は午後七時の予定なので、いったんホテルにもどりましょう。殿村さんは何か用事があるようにおっしゃっていましたし」

「そうしてもらえると、ありがたいです」

殿村が言い、三人は車のところにもどった。幸い、駐車違反のステッカーは貼られていなかった。

ホテルにもどってシャワーを浴びながら、牧は夜の会食のことを考えた。

ＫＤＲの事務所が見つからなかったことを、会食の席で話すべきか否か。ＫＤＲの代表理事であるカンに言うのは賢明でない。実際に幽霊団体だとすれば、話をうやむやにされる危険がある。さらに、明日訪問するまでに、適当な説明を用意する余裕を与えてしまう。

であれば、まずすべきは殿村への口止めだ。そう思うと気が急《せ》いて、牧は髪を乾かすのももどかしく、待ち合わせの二十分前にロビーに下りた。

じりじりしながら待っていると、ほどなく殿村がエレベーターから現れた。その姿を見て牧は思わず声をあげた。

「殿村さん。どうしたんですか、その恰好」

殿村は黒紋付きに袴《はかま》、白足袋に草履という出で立ちだった。羽織は着ずに、着物用のコートを手に持っている。スーツケースに入っていたのはこの装束か。

「君には言ってなかったが、私は五年前、埼玉県の高麗《こま》神社で琵琶《びわ》を演奏したことがあってね。そのときは韓国の大使夫妻も来られたから、この衣装がいいんじゃないかと思って」

意味がわからない。牧は困惑と苛立ちを抑えて言った。

「今夜の食事ですが、午後にＫＤＲの事務所をさがしに行ったことは言わないほうがいいと思うんです」

シャワーを浴びながら考えたことを話すと、殿村は「そうだね」と同意した。

待ち合わせの五分前に笹川が現れると、彼もまた殿村の衣装に驚き、どう声をかけたらいいのかわからないようすだった。牧が助け船を出すように話しかけ、会食ではＫＤＲの事務所をさがしたことは言わないでほしいと頼んだ。

「わかりました。じゃあ、今日の午後の話は触れないようにしましょう」

笹川は自分の車は置いてきたようで、ホテルの玄関でタクシーを呼び、牧たちを後ろに乗せた。自分は助手席に座り、韓国語で行き先を告げてから牧たちを振り返った。

「今夜は朝鮮王朝の宮廷料理の店に招かれているんです。ホテルからは二十分ほどのところです」

車は片道三車線の大通りを走り、しばらく行くと大きな川に差しかかった。

「漢江《ハンガン》です。今通っているのが麻浦《マポ》大橋。自殺の名所です。欄干にハングルがいっぱい書いてあるでしょう」

言われて横を見ると、落書きもあるが、当局による注意喚起も多い。

「思いとどまれ、みたいなことが書いてあるんですか」

「ええ。『人生でいちばんいい時はまだ来ていない』とか、『夜明けは必ず来る』とかですね。韓国は日本と並ぶ自殺大国ですから」

橋を渡り終えると、車は近代的なビル街を抜けて、きらびやかな照明に照らされた宮殿風の店に到着した。

笹川に促されて豪華な門をくぐり、受付で名前を告げると、チマチョゴリを着た店員が案内してくれた。個室に入ると、長テーブルの手前に座っていた三人の男性が席を立って、牧たちを出迎えた。

「ようこそ、いらっしゃいました。ヒュンスン・メディカルセンターの院長をしておりますカン・チャンギュと申します」

禿頭《とくとう》に口髭を生やした男性が、流暢な日本語で頭を下げ、殿村に名刺を差し出した。

「天保薬品《てんぽうやくひん》のチーフMRの殿村です。それから、こういうこともしています」

殿村は会社の名刺のほかに、プライベートの名刺も添えて渡した。牧はチラと見て絶句した。肩書きが『琵琶法師』となっていたからだ。

カンは牧と笹川とも名刺を交換し、後ろの二人を紹介した。

「副院長のムン・ジョンギルと、治験リーダーを務めた内科部長のイ・ソンハです」

たしか、カン共々二人の名前も論文の共著者に挙がっていた。

着席してビールで乾杯すると、さっそく漆器に盛られたカラフルな前菜が運ばれてきた。

店員の説明をカンが訳してくれる。

「これはクジョルパンと言って、八種類の具を真ん中の薄焼きに包んで食べる前菜です。酢醤油かカラシをつけてどうぞ」

「カン先生はどうしてそんなに日本語がお上手なんですか」

牧が聞くと、カンは柔和な笑みを浮かべて答えた。

「私は元々在日なんです。だから、中学まで日本で育ちました。大阪市生野区《いくの》の猪飼野《いかいの》です。ご存じですか」

「もちろんです」

猪飼野は戦前から在日韓国・朝鮮人の多い地域である。カンが続けて言った。

「副院長のムンと部長のイも、ある程度、日本語は理解できます。そうだろ」

「はい。ゆっくりなら、大丈夫です」

ムンに続いて、イも「私も、たぶん」と照れたように笑った。いずれも友好的な表情だ。

殿村がステンレスの箸を置いて、背筋を伸ばしてしゃべりだした。ムンとイに配慮してか、異様にゆっくりした物言いだ。

「私は、以前、高句麗《こうくり》から渡来した、人物を祭った、高麗神社というところで、琵琶の、演奏を、しました。そのときは、韓国の大使夫妻も、お見えになりました」

「それで琵琶法師ですか。その紋付き袴は、琵琶を演奏するときの？」

「そうです。日本の、伝統的な、衣装です」

「なるほど。でも、そんなにゆっくりでなくてもこの二人は聞き取れますよ」

カンが苦笑しながら言い、ムンとイも笑いながらうなずいた。

料理は続いてカボチャの粥が出て、蒸しエビとアワビを使った海鮮料理、ユッケとカルビの叩きのあとで、神仙炉《シンソルロ》と呼ばれる鍋料理が供された。コレステロールが気になる牧は、できるだけ油分の少ないところを食べるようにしたが、不自然に見えないよう気を遣った。酒もビールから伝統的な焼酎《ソジュ》、マッコリと進み、牧は抑え気味にしていたが、殿村は早々に顔を真っ赤にしていた。カンと二人の部下も陽気になり、盛んに日本の薬を賞賛し、グリンガのみならず、バスター5も高く評価していると言った。

「今回はグリンガの治験をやりましたが、次回はぜひバスター5で比較試験をやりたいと考えています。何と言っても作用機序がユニークですからね。そのときは、ご協力をよろしくお願いいいたします」

「こちらこそ、どうぞ、よろしくお願いいたします」

カンの申し出に、殿村は頭をぐらつかせながら応えた。会話は終始和やかで、緊張する場面もなかった代わりに、特に有益な情報も得られなかった。

この夜にわかったのは、韓国でも最近、高コレステロール血症による動脈硬化が問題になっていて、新薬による治療が求められていることだった。それでグリンガに着目したところ、八神が販売元のタウロス・ジャパンと懇意であることを知り、治験の仲介を頼んだらしい。

カンと八神はアメリカで出会い、専門分野が同じで、ともにアジア人としてアメリカ人の差別や蔑視に対抗したことなどで、二十年来の交友があるとのことだった。

「治験は韓国だけでもできたのですが、八神先生にお世話になったので、データの解析と論文の執筆を八神先生にお願いしたのです」

いわば手柄を譲ったということだろう。この治験が八神の主導ではなく、韓国側からの依頼でスタートしたのは事実のようだ。

「我々もその論文は拝読しました。実に驚くべき結果ですね」

牧はわざと大袈裟にほめて相手の反応を見た。カンはまじめな調子で応えた。

「T－SECTの結果には、我々も満足しています。患者さんにとってもこのいことでしょう。おっと、グリンガは御社のバスター5のライバルでしたな。そういう意味では何とも申し訳ない結果ですが」

取り繕うように眉を寄せる。

会話の中で、今日の午後に何をしていたか聞かれなかったのは幸いだった。それは笹川のおかげでもあった。話が途切れかけると、料理の由来を聞いたり、自分の研究に言及したりして、うまく話を逸らしてくれたのだ。

カンたちに見送られてタクシーに乗ったあと、牧は笹川に訊ねた。

「今の会食、どんな印象を持たれましたか。私はちょっと歓待しすぎじゃないかと思ったんですが」

「と言うと？」

「治験に使われた薬のライバル社が日本から話を聞きに来たとなれば、もう少し警戒するのがふつうでしょう。何を聞きたいのか探りを入れもしなかったのは、すでに目的を知っているということではないでしょうか。つまり、論文の不正が疑われていることを承知していると。考えすぎでしょうか」

「どうでしょう。たしかに彼らは友好的でしたね。でも、韓国人はその場の雰囲気を大事にしますから、リップサービスも多いんです。もしかしたら、天保薬品さんからも支援を引き出そうと考えているのかも。バスター5の比較試験のことも話していましたし」

そう言ってから首を振り、自らの意見を否定した。

「いや、もし本気でバスター5の治験を考えているのなら、もう少しその話題を広げるでしょう。通り一遍で終わったのは、やはり社交辞令だったのかもしれません。であれば、あの歓待ムードは逆に警戒したほうがいいかもしれませんね」

やはりそうか。殿村の意見も聞こうかと思ったが、彼はマッコリで朱に染まった顔を伏せ、座ったまま寝息を立てていた。

23　ヒュンスン・メディカルセンター

　翌朝、牧はホテルのレストランで朝食を摂り、九時前にロビーに下りて待っていた。殿村も早めに下りてきた。もしかして昨夜の出で立ちで出てくるのではと心配したが、杞憂だった。

「殿村さん、おはようございます。昨夜は眠れましたか」

「ああ、バタンキューだったよ。風呂には今朝入った」

　清々しい顔で答える。

「今日はいよいよ本番ですね。ＫＤＲのこととか、サポートする研究の有無とか、いろいろ聞くべきことはありますが、殿村さんはどこから攻めるのがいいと思いますか」

「うーん、攻めるのはよくないな。我々は戦争をしに来たわけじゃないから」

　牧はそれ以上聞くのをやめた。

　約束の九時十五分に笹川が迎えに来て、牧たちは彼の車でヒュンスン・メディカルセンターに向かった。昨夜と同じ方向に進み、麻浦大橋を渡ったところを右に折れて、漢江沿いの道を走った。ミントグリーンのドームが美しい国会議事堂を過ぎ、自動車専用道路を進むと、左側に緑に囲まれた巨大な建物が現れた。

「ヒュンスン・メディカルセンターです」

笹川は表示板に従い、ゲートを通過して広い駐車場に車を入れた。病院は正面に六階部分が張り出し、後ろに屛風のようにジグザグに折れ曲がった十二階建ての病棟が左右に広がっている。さすがはベッド数二六六〇床の大病院だ。

正面玄関に向かいながら、牧が笹川に訊ねた。

「ヒュンスン・メディカルセンターは私立病院ですよね。どうしてこんな巨大な施設が維持できるんですか」

「この病院は名前の通り、財閥の現星《ヒュンスン》グループが設立したものなのです。噂では副会長が大統領と親密で、いろいろ優遇を受けているようです」

硬質ガラスとステンレスのモダンな正面玄関を入り、空港並みの広いロビーで笹川は総合案内に向かった。

「十時にカン院長に面会の約束をいただいている笹川です」

「畏《かしこ》まりました。少々お待ちください」

日本語のやり取りを聞いて牧が首を傾げると、笹川が笑いながら説明した。

「ここは外国人の患者も多いので、日本語、英語、中国語とアラビア語が通じるんです」

たしかに案内板の表記にハングルを含め五カ国語が書いてある。

ロビーで待っていると、昨夜、会食で同席した部長のイが出迎えに来た。

「ようこそいらっしゃいました。院長のカンが待っていますが、その前に、見ていただきたいものがあります」

イはカンほどではないが、流暢な日本語で言い、三人を病院の奥に促した。

前衛芸術風のシャンデリアを吊るした広いホールから、長いエスカレーターで五階に上がると、小さめの映画館のような部屋があり、副院長のムンのほか、数名の職員が牧たちを待ち受けていた。

「ご紹介しましょう。当院の幹部スタッフです」

ムンが順に、看護部長、事務局長、広報課長らを紹介した。

「これから見ていただくのは、当院の紹介ビデオです。十五分ほどですから、ゆっくりご覧ください」

映し出されたのは、ドラマチックに演出された映像で、ヒュンスン・メディカルセンターがいかに韓国の医療に寄与し、先進医療を提供して、国際的な評価も高いかということを、圧倒されるような迫力で見せつける。

それがすむと、ようやく院長室に案内された。病院の幹部スタッフたちもついてくる。院長室は専用のエスカレーターで上がったところにあり、両開きの扉は宮殿のような重厚さだった。両側に控えた秘書に断ってから、ムンが扉を開く。院長室は小学校の教室ほどの広さがあり、奥の執務机から院長のカンがにこやかに立ち上がった。

「ようこそ。どうぞ、そちらにおかけください」

窓際に設《しつら》えた革張りの応接セットに牧たちを促す。正面にカンが座り、殿村、牧、笹川が斜めに向き合うように着席した。応接セットは優に二十人は座れる広さで、幹部スタッフたちが座ってもまだまだ余裕がある。

「昨夜は楽しいお食事を、誠にありがとうございました。韓国の宮廷料理を十分に満喫させていただきました」

殿村がそつのない挨拶をし、会話は和やかな雰囲気で進んだ。

「それで、当院で行ったT‐SECTの治験について、お聞きになりたいとのことですが？」

雑談のあと、カンのほうから本題に水を向けた。牧は姿勢を正し、会社の代表で来ているという気概を込めて発言した。

「私どもが日本から参りましたのは、八神先生の論文について、いくつかお話を聞かせていただきたいことがあるからです。立場上、失礼なことをうかがうかもしれませんが、ご寛恕《かんじょ》のほどをお願いいたします」

「どうぞご遠慮なく。我々は昨夜、ひとつのテーブルで楽しい食事をしたのですから、すでに友人になっています。お聞きになりたいことは、何でも聞いてください。私たちもわかることは、包み隠さずお答えします」

カンの表情には何の疚《やま》しさもうかがえなかった。もちろん演技かもしれない。牧は惑わされないよう気を引き締めた。

「実は昨日、T－SECTに助成金を出したとされるKDRの事務所を訪ねようと思ったのです。ネットに住所が出ていたのでさがしたのですが、そこは日用品を売るマーケットで、事務所があるような場所ではありませんでした。KDRはカン先生が代表理事をされているとうかがっております。事務所はどこにあるのでしょうか」

「マーケットですって。そんなはずはありませんよ。いったいどこをさがされたのですか」

「ここです」

笹川がiPadを取り出し、住所を示して見せた。カンは一瞥《いちべつ》し、「あ、これ」と、声をあげて笑った。

「牧さん。あなたが見たのは日本のサイトでしょう。この住所はまちがっているのです。どうしてそんなものが出ているのかわかりませんが、正しくは、乙支路4街×××の××です」

番地は聞き取れなかったが、笹川が素早く正しい住所をiPadに打ち込んでくれた。記録は笹川に任せて、牧が聞く。

「そこに事務所があるのですか」

「今はもうありません。KDRは八神先生のJHRGを見習って、T－SECTのために臨時に作った団体ですからね。治験の終了と同時に解散したのです」

治験のためだけに作った団体だというのか。

「どうしてそんな団体を作ったのですか」

「研究費の助成金を迂回させる必要があったからです」

「迂回、ですか」

はっきり言われて、逆に牧は戸惑った。自ら不正を告白しているのも同然ではないか。しかし、カンの物言いには後ろ暗いようすはまるでなかった。

「今回の治験で、韓国側の助成金を出したのは現星グループです。ご承知の通り、現星グループは当院の経営にも関わっています。それがT－SECTに二十六億ウォンも出資するとなると、財務処理に不都合が生じるので、いったん任意団体への寄附ということで処理し、その団体が治験を支援したという形にしたのです。あくまで財務上の操作で、別に違法というわけではありません。まあ、あまり大っぴらに公表できることでもないのですが」

そう言って、カンは小さく肩をすくめた。日本円にして約二億五千万円。おそらく、税務に関する操作だろう。説明が事実かどうかわからないが、取りあえずは納得せざるを得ない。

「もうひとつうかがいたいのですが、今回のT－SECTで、トルマチミブに脳血管障害の抑制効果が証明されたわけですが、その作用機序についてはどうお考えですか」

牧は商品名のグリンガではなく、敢えて一般名のトルマチミブと言って、科学的な説明を求めた。

「それについては、治験リーダーのイ部長から話してもらったほうがいいのじゃないか」

カンに促されて、イが牧に説明した。

「手元に資料がありませんので、詳しくはお話しできませんが、簡単に申し上げると、トルマチミブのLDLコレステロール排泄促進効果により、頸動脈より末梢の脳血管、特にウィリス輪を中心とした脳底動脈の動脈硬化が緩和され、脳梗塞やクモ膜下出血などのイベント（事象）が抑制されると考えられます」

「論文にはいくつか引用がありますが、T－SECTの結果につながるような研究や、あるいは類似の研究、すなわち、LDLコレステロールの低下が脳血管障害を抑制するという研究は、ほかにもあるのでしょうか」

「直接つながるものはないですね。そういう意味では、我々も驚いています。ですが、厳正な比較試験で得られた結果なのですから、説明がつくかどうかより、事実を認めることが大事ではないでしょうか」

こちらは、そのT－SECTが厳正に行われたかどうかを問うているのだ。しかし、証拠もないまま不正を疑うことはできない。

それまで黙っていたムンが、イの発言を受けて胸を張った。

「類似の研究がないということは、この治験が画期的であることの証明でしょう。そのような結果が得られたことを、我々はたいへん名誉に思っています」

カンも鷹揚《おうよう》にうなずく。

「昨夜も申し上げましたが、好ましい結果が出れば、直接、患者さんの利益につながりますからね。それは喜ばしいことでしょう」

よい結果が出た治験に、ケチをつけるなということか。牧はいくつか質問を続けたが、すべては論文にある通りとイにかわされ、矛盾や不整合を発見することはできなかった。


院内のカフェテリアで昼食を摂ったあと、午後はイの案内で、ヒュンスン・メディカルセンターの治験管理推進室を訪ねた。治験の現場を見せてもらうためである。患者から得られた生のデータはここに集められ、一括して管理される。データの水増しや改ざんがあるとすれば、ここで行われる可能性が高い。

治験管理推進室はメインの建物ではなく、バックヤードの臨床研究センター棟にあった。四階建てのこぢんまりしたビルで、人気《ひとけ》のない廊下に会議室のような部屋がいくつも並んでいる。

イが扉を開けると、白衣を着た十人ほどの女性スタッフが、パソコンの画面に向き合っていた。韓国語で声をかけると、奥の机でこちら向きに座っていた女性が立ち上がり、牧たちのほうに近づいてきた。

「治験管理推進室のペク・ヨンジャ室長です。彼女はT－SECTの主任治験コーディネーターを務めてくれました」

紹介されたのは四十代はじめぐらいの化粧気のない小柄な女性だった。ショートカットの黒髪に細い吊り目で、いかにも融通の利かない女性という感じだ。

「はじめまして。日本から来ました殿村と申します」

殿村が会社とプライベートの名刺を並べて差し出す。ペクは日本語がわからないらしく、イに韓国語で短く問い、イがそれに同じく韓国語で答える。漢字はわかるようで、『琵琶法師』と書いた名刺を、胡散臭《うさん》そうに見て裏返したりしている。

ペクは笑顔ひとつ見せず、敵対するような口調で治験について説明した。イがそれを訳してくれる。

「治験コーディネーターの役割は、手順書の作成、申請手続き、データの収集と管理、参加する患者さんの人権の保護と安全性の確保などです。ほかに同意文書の手配と保管、登録業務、治験薬の手配も担当します」

ペクの説明は杓子定規で、まるで北朝鮮の政府関係者と向き合っているような堅苦しさだった。

「少し質問してもよろしいでしょうか」

牧の言葉をイが通訳すると、ペクは硬い表情のまま、「イェ」とだけ短く答えた。拒絶ではないようだが、とても友好的ではない。

「治験のデータはここですべて管理していると聞きましたが、コンピューターへの打ち込みはだれがするのですか」

イが通訳し、答えを訳してくれる。

「治験に加わった六人のスタッフが担当するそうです」

「打ち込んだデータの確認は行いますか」

「データの打ち込み後に、別のスタッフがカルテのデータと照合してチェックするとのことです」

「そのデータを、すべて日本に送ったのですね」

「そうです」

それ以上は聞いても仕方ないのは明らかだった。ペクは病院の上層部から余計なことはしゃべるなと口止めされているのだろう。それが露骨に感じられる対応だった。

「もういいですかね」

牧が横を見て確認すると、殿村は「そうだね」とうなずき、ペクに向かってていねいに礼を言った。

「今日はお忙しいところ、時間をとっていただいてありがとうございました。現場の方にお話をうかがえて、大いに参考になりました。カムサハムニダ」

最後だけ韓国語で言うと、ペクは驚いたような顔でイを見た。イが殿村の言葉を通訳すると、ペクは元の硬い表情にもどり、無言で一礼した。


「成果はありましたか」

正面玄関でイと別れ、駐車場に向かう途中で笹川が気を遣うように牧に聞いた。

「これといった話は聞けなかったですね。でも、まだ最後のチャンスがあるでしょう」

「今夜の会食ですね。来てくれるのはさっき治験管理推進室にいた女性のうちのだれかです。私も会ったことはありませんが、ソウル大学病院の治験コーディネーターを通じて、話を聞かせてくれることになっていますから」

会食は午後七時からの予定で、場所は明洞にあるカジュアルな寿司屋とのことだった。寿司屋で込み入った話が聞けるのかと、牧は不安だったが、これまでのアレンジを考えれば大丈夫だろうと、笹川を信用することにした。

いったんホテルにもどり、休憩してから午後六時半すぎにロビーで待ち合わせることにした。

牧はシャワーを浴びて、ネクタイはつけず、セーターで行くことにした。相手は若い女性だから、そのほうがリラックスできるだろう。この会食で何か情報をつかまなければと、気を引き締めてロビーに下りていくと、殿村はまたも紋付き袴のスタイルだった。

「殿村さん。今夜はその恰好はちょっとまずいんじゃないですか」

「どうして。紋付きと袴は一度着たらクリーニングに出さなきゃならないから、一晩着るのも二晩着るのも同じなんだよ」

いや、そういう意味ではないんだがと思うが、着替えなおしてきたらとも言えず、そのまま笹川を待った。

時間通りに現れた笹川は、いったん自宅にもどったらしく、牧と同様、ラフなジャケット姿だった。殿村を見て苦笑いを浮かべたが、特に何も言わない。

笹川が予約してくれた店は、ホテルから歩いて十分ほどの繁華街にあった。コンクリートに黒い窓枠をはめたビルの二階で、店内も黒を基調としたモダンなデザインだ。間隔の広いテーブル席で、これならほかの客を気にせず話を聞けるだろう。紋付き袴の殿村は、周囲から完全に浮いていたが、当人はまったく気にしないようすで、いっしょにいる牧のほうが照れ臭いほどだった。

午後七時ちょうどに、丸縁眼鏡をかけた女性がおずおずと近づいてきた。二十代後半のようで、髪は染めずに後ろで束ねている。笹川が立ち上がって韓国語で確認した。

《治験コーディネーターのキム・ソユンさんですね》

《はい。今日はよろしくお願いします》

笹川が牧を紹介すると、キムは殿村の出で立ちに落ち着きのない視線を向けた。

「私はこういう者です」

殿村が二枚の名刺を手渡し、笹川は笑いながら通訳したが、彼女の不審は解けないようだった。

キムは顔を伏せ、周囲を気にするそぶりで肩をすぼめていた。やはり内密の会食が後ろめたいのか。笹川が気を利かせて飲み物を聞き、メニューを見せて料理を選ばせた。寿司屋といっても、ダイニングバーも兼ねていて、日韓コラボの創作料理が多い。

乾杯にはキムもビールだったので、牧はよい兆候だと思った。アルコールが入れば、少しは口も滑らかになるだろう。笹川がキムに基本的なことを聞き、牧たちに説明した。

「キムさんは、治験コーディネーターになって四年だそうです。元々は検査技師で、T－SECTでは、データの打ち込みと確認作業をしたそうです」

料理を食べながら、牧はまず答えやすそうなことから聞いた。

「キムさんは日本の天保薬品を知っていますか」

笹川が通訳し、キムの言葉として答える。

「名前は聞いています」

「タウロス・ジャパンもご存じですか」

「アメリカのタウロス本社は知っていますが、タウロス・ジャパンは知りません」

「今回の治験に使ったトルマチミブは、日本ではグリンガという薬名で売られていますが、知っていますか」

「いいえ」

そのあと、いくつかやり取りをしたあと、牧は自分たちの立場を説明した。

「日本で発表されたT－SECTの論文に、私たちは疑問を抱いています。論文がグリンガの宣伝に利用されるかもしれないからです。いや、むしろ、グリンガの宣伝のためにT－SECTが行われ、不自然な結果を元に論文が作成された疑いがあります」

キムが不安そうに笹川に聞いた。それを笹川が訳す。

「どこが不自然なのですか」

「グリンガの効果だけで、脳血管障害が抑制されるとは思えないことです」

笹川の通訳に、キムは首を傾げた。牧の言い分に納得できないという顔だ。自分が関わった治験が疑われていることに、反発を感じたのか。

牧が口をつぐむと、笹川が説得口調でキムに話しかけてから言った。

「牧さんたちが疑問に思っているのは、現場の担当者にではなく、もっと上層部の対応だと説明しました」

「そうなんです。問題は、タウロス本社がT－SECTに関わっているのではないかということなんです。タウロス本社またはタウロス・ジャパンから、資金が提供されたという話を聞いていませんか」

ふたたび問うと、笹川が通訳で答えた。

「タウロス本社のことは聞いていません」

「KDRという団体のことで、何か不審な点はありませんでしたか」

「上の人がKDRのことを話していたのは知っていますが、特に不審を感じたことはありません」

現場の治験コーディネーターでは、助成金に関わる情報に触れる機会はなかったのだろう。牧は金銭面の追及をあきらめ、治験データに関する質問に切り替えた。

「治験コーディネーターが打ち込んだ内容は、具体的にどういうものでしたか」

「総コレステロール、LDLコレステロールなど血液検査の項目が十二、血圧、体温、脈拍などのバイタルサイン、脳のMRI画像とCTスキャンの所見、それに脳血管障害のエピソード（症状の発現）の有無と、症状から判断される障害のレベルです」

「グリンガの服用群で、脳血管障害を起こした人はいませんでしたか」

「いました。トルマチミブを服用したグループにも、対照のグループにも、発症した人はいました」

「グリンガの服用群で脳血管障害を起こした患者は、対照群の患者に比べて明らかに少なかったと言えますか」

キムは答えに詰まり、視線を漂わせてから首を傾げた。

「わたしはすべてのデータを打ち込んだわけではないので、全体のことはわかりません」

「キムさんが打ち込んだ範囲での印象はどうですか」

「……それはよくわかりませんが、それほど差があったとは思えませんでした」

キムはためらった後、消え入りそうな声で答えた。牧はやっぱりという顔で殿村を見た。

しかし、この証言だけで治験の不正を証明することはできない。

続いて、殿村が質問をはじめた。

「キムさんは、今の職場で満足していますか」

「はい」

「職場で意地悪な上司がいたり、イジメがあったりしませんか」

「ありません」

「カン院長やムン副院長、イ部長らに、不愉快な思いをさせられたことはありませんか」

「ないです。先生方はみんな親切です」

「今日、我々に話をしてくれた室長のペクさんは、どんな人ですか」

キムはどう答えていいのか迷っているようだったが、やがて顔を伏せて言った。

「ペク室長はまじめで正義感の強い人です」

「ペクさんは日本人のことをどう思っていますか」

「日本人を嫌っているわけではありません。韓国を嫌う日本人に厳しい目を向けているだけです。ペク室長は韓日関係がよくなることを、心から願っています」

「それはよかった。私も同じです。見ておわかりの通り、私は琵琶の奏者ですから、韓国大使ご夫妻の前で演奏したこともあるのですよ。カムサハムニダ」

殿村はまた韓国語で言い、ていねいに頭を下げた。

結局、キムからも確たる情報を聞き出すことはできなかった。実際にデータを打ち込んだ治験コーディネーターの、明らかな差は感じなかったという証言は貴重だが、それだけでは客観性があるとは言えない。

牧はキムと笹川を送り出したあと、会計をすませ、焦りと空しさを胸にホテルにもどった。

出張の最終日、笹川は午前十時にホテルに迎えに来た。

この日の予定は、昨日カンが言ったKDRの住所を訪ねてみることだけだった。

チェックアウトをすませて待っていると、笹川が足早に近づいてきた。

「昨日、あれから現星グループの事業報告書を調べてみたんです。そうしたら、収支報告にKDRへの支出が記録されていました。治験が行われた三年間に、計二十六億三千五百万ウォン。ほぼカン院長が言っていた通りの額です」

笹川はｉＰａｄの表示を牧と殿村に見せた。

「つまり、ＫＤＲへの資金提供は現星グループからで、タウロス・ジャパンからではないということですか」

牧の口から落胆の声が洩れた。

荷物を車に積んで、空港に向けて出発した。大通りには冬の太陽が眩しい光を投げかけている。途中、乙支路４街の路上に車を停めると、笹川は近代的なビルの前に立った。

「ここの十六階です。部屋番号もわかっていますから、行ってみましょう」

ほとんど期待せずにエレベーターで上がると、その部屋は不動産関係らしい事務所になっていた。受付の女性に笹川が韓国語で聞く。ＫＤＲという言葉が何度か出て、笹川は首を振りながらもどってきた。

「今はマンションの販売を専門にする会社になっているようです。入居したのは去年の二月で、その前はしばらく空いていたそうです。ＫＤＲの事務所がここにあったかどうかまではわからないとのことでした」

確証が得られたわけではないが、一昨日のマーケットよりははるかに実在しそうな雰囲気だった。

「どうも、お手数をおかけしました」

牧は笹川をねぎらうように言い、殿村といっしょに車にもどった。

空港に着くと、ロビーは出発と見送りの人であふれていた。到着のときとは正反対の快晴が恨めしい。それでも牧は気を取り直して、チェックインの前に笹川に礼を言った。

「三日間、ありがとうございました。笹川先生のおかげでいろいろ助かりました。お忙しいでしょうに、お時間を取らせてしまい、申し訳ございませんでした」

「とんでもない。せっかくお出でいただいたのに、これといった結果も出せず、私のほうこそ申し訳ありませんでした。帰国されたあとでも、疑問点や不審な点があればいつでもご連絡ください。私が帰国するまででしたら、喜んでお調べしますので」

一応、期待を込めて頭を下げたが、新たな疑問点が見つかるかどうかは微妙だった。

復路のアシアナ航空9613便は、十分遅れで出発し、牧たちが関西国際空港に着いたのは、午後三時二十五分だった。直接、営業所にもどって結果を報告しなければならない。

このままT－SECTの論文が公正と認められ、日本代謝内科学会の総会で八神が大々的に発表したら、バスター5は厳しい立場に追い込まれる。頼みの綱は守谷《もりや》准教授に依頼したメタ分析の論文だが、それでグリンガに対抗できるだろうか。エビデンスのレベルでは勝っているが、症例数でやや見劣りがする。牧は暗い気持で考えたが、答えは出なかった。

南海本線の空港急行に乗って、がら空きのシートに座ると、殿村が今さらのようにつぶやいた。

「笹川先生にはいろいろ世話になったけれど、結局、T－SECTに問題がないことを確認しただけのようだったな」

「それは仕方ないでしょう。不正の証拠が見つからなかったのは、笹川先生のせいじゃありませんよ」

営業所に着くと、所長の紀尾中は急遽、出かけたとのことだった。残っているMRたちに、不安と不穏の表情が浮かんでいる。韓国出張の結果はまだ報告していないのに、この悲愴な雰囲気は何だ。

牧が目顔で問うと、池野《いけの》が説明してくれた。

「さっき、守谷先生から連絡があって、例のメタ分析の論文が、書けなくなりそうだと知らせてきたんだ。それで所長が阪都大《はんと》に飛んで行った」

24　メタ分析論文の危機

紀尾中は准教授の守谷とともに岡部《おかべ》の教授室にいた。

守谷から、バスター5のメタ分析の論文が頓挫しそうだという連絡を受け、取るものも取りあえず駆けつけたのだ。まず守谷を訪ねると、詳しいことは岡部からと、教授室に促された。

「ああ、紀尾中君か。ちょっと困った連絡が入ってね」

岡部は思わぬ成り行きに同情するようなため息を洩らした。

「協堂《きょうどう》医科大学の須山《すやま》教授が、メタ分析の元になる治験に疑問があるとして、追試（確認のための実験）をやったそうなんだ。そのデータが出はじめて、南大阪地区の六施設でやった治験とちがう結果になりそうだと知らせてきたんだよ」

協堂医科大学は東京の私立大学で、須山は岡部と同じ代謝内科の教授である。

「治験に疑問があるというのは、どういうことですか」

「まずは南大阪地区の六施設で行われた治験が、すべて天保薬品の依頼で行われたものだということだ。客観性に欠けるし、利益相反の疑いもあると言っていた」

「利益相反については、論文にきちんと弊社の関わりを明記していますし、各施設の受託治験審査会で承認を受け、公明正大に行われています。客観性に欠けるというのは、言いがかりです」

紀尾中は強く言ったあと、改めて岡部に訊ねた。

「それにしても、追試の途中で岡部先生に連絡してくるなんて、不自然ではありませんか。多分に意図的なものを感じますが」

「意図的？」

「明らかに守谷先生のメタ分析の論文を遅らせようとするためでしょう。来年の四月には代謝内科学会の総会があり、六月にはガイドラインの改訂があります。守谷先生のメタ分析の論文が、遅くとも五月中に出なければ、弊社は大きな打撃を受けます」

メタ分析の論文が六月の改訂に間に合わなければ、次は三年後になってしまう。その間の損失は計り知れず、三年後もまだバスター5が高脂血症治療薬の新機軸でいられるという保証もない。今回の改訂でガイドラインに収載されてこそ、バスター5はブロックバスターになり得るのだ。

岡部は紀尾中の言い分に理解を示しつつも、製薬会社の都合だけで状況を判断することはできないという面持ちだった。

「いったい、須山先生は何人くらいの患者さんで追試を行ったのですか」

「二十二人だと言っていた」

「それでは反証にならないでしょう。南大阪地区での治験は、六施設で四百例を超えているんですよ。そんな少人数の追試で先行論文を否定しようとするのは、明らかに足を引っ張ることが目的じゃないですか」

「だからと言って、須山教授の追試を無視するわけにもいかんだろう。須山教授は、バスタ−5のバックボーンであるアポBレセプターに関する論文が少ないことも、問題視してるんだ」

アポBレセプターに関する研究は、たしかに天保薬品の創薬開発部以外では行われていない。そのことに、紀尾中も歯がゆい思いをしていた。しかし、これには理由があった。アポBレセプターに関する研究は、天保薬品の独走状態であるが故に、後追いで参加しても、評価を得にくい。iPS細胞などのように大きな発見には後続も多いが、小規模の発見には、ほかの研究者は手を出したがらない。

岡部はある種の倦怠感を漂わせて言った。

「研究者はみんな苦労しているからな。宝の山を目指したがるのも無理はない」

「お言葉ですが、医学の研究は病気に苦しむ患者さんを救うために行うのではないですか。自分の評価につながらないから、研究テーマに選ばないというのでは、まったく患者側の視点に欠けています」

これには守谷が生まじめな口調で言い返した。

「紀尾中君の気持もわかるけどね、我々研究者は、常に競争にさらされているんだ。どんな素晴らしい発見でも、ほかで先に報告されれば価値はない。もちろん、患者さんへの貢献は第一に考えているよ。しかし、それだけではやっていけない」

だからといって、利に聡《さと》くなり、自分ファーストでいいのか。しかし、今、守谷や岡部に反論しても仕方がない。紀尾中は熱意を込めて二人に言った。

「先生方のご苦労には、心底、頭の下がる思いです。口幅ったい言い方で恐縮ですが、私はバスター5が真に有益な薬だと思うからこそ、少しでも多くの患者さんに届くようにと祈念しているのです」

「君が患者のことを考える気持はわかる。だが、バスター5のガイドライン収載にこだわるのは、やはり会社の売り上げにつながるからじゃないのかね」

紀尾中は一瞬、答えに詰まった。学究肌の岡部がこんな指摘をするのは予想外だった。

「それはもちろん、ないとは申しません。ですがもっとも重視しているのは、あくまで薬の効果です。バスター5は現存のどの薬より効果の面で優れているからこそ、ガイドライン収載を目指しているのでございます」

「だったら、バスター5より優れた薬があれば、ガイドラインへの収載は遠慮するのかね」

「もちろんです。そのような薬があれば」

岡部は守谷にチラと視線を送り、ふたたび紀尾中の正面を見据えて言った。

「ならばT‐SECTの論文で、グリンガのほうが優れているような結果が出ていることについては、どう考えるのかね」

先日、相談に来たときは、あの論文はグリンガに都合よすぎると言ったではないか。今になって論文を肯定するのは、何か状況に変化があったのか。

「T‐SECTの治験には、韓国でデータが収集されたことを含め、疑わしい点が多々あります。今の段階でバスター5よりグリンガのほうが優れているとは、私にはとうてい思えません」

「しかし、あの治験は無作為の比較試験で、症例数が六百近いのだから、結果は率直に受け止めるべきじゃないか。八神先生の論文に問題があるというのなら別だが」

岡部はいったん言葉を切り、改めて紀尾中に訊ねた。

「君のところは、T－SECTに疑念を抱き、わざわざ所員を韓国に送ったそうじゃないか。確たる証拠もないのに、治験の結果に不正を疑ってかかるのは、あまりほめられたことじゃないな」

殿村と牧を韓国に出張させたことがもう伝わっている。岡部はそれが気に入らないのか。

「部下を韓国にやったのは、T－SECTに助成した現地の団体が、架空のものである可能性があったからです。失礼ながら、岡部先生はどうして弊社の所員の出張をご存じなのですか」

「八神先生が電話してきたんだよ。紀尾中君が論文にあらぬ疑いをかけて、所員を韓国にまで出張させたとね。私がそそのかしたのじゃないかと言われて驚いたよ。濡れ衣もいいところだ」

それはひどい。紀尾中は驚き、怒りさえ感じたが、岡部にはとにかく謝罪をした。

「で、韓国では何か情報は得られたのかね」

「それは、まだ報告を受けておりませんので――」

だが、望みは薄い。もし、殿村たちが証拠をつかんでいたなら、当然、韓国から連絡があるはずだ。それがないということは、さしたる成果はなかったのだろう。

岡部は前回は八神の論文に中立の立場に見えたが、「リピッド・ジャーナル」に論文が掲載されたことで、肯定する気持に傾いたのかもしれない。であれば、根拠のないまま批判するのは逆効果だ。

「韓国出張の結果については、改めて報告させていただきます。守谷先生のメタ分析の論文に関しましては、当然のことながら、無理をお願いするわけにはまいりませんので、ようすを見させていただきます。本日は、お忙しいところ、突然にお邪魔いたしまして、誠に申し訳ございませんでした」

紀尾中は深く頭を下げて教授室を出た。慌てて駆けつけてみたものの、何の進展もなく帰らざるを得ないことに、深い徒労感だけが残った。

廊下に出たところで、ふと顔を上げると、医局の前に見知った顔が立っていた。

「堂之上先生――」

紀尾中が声をかけると、堂之上は申し訳なさそうに一礼し、そそくさと大部屋に消えた。

駐車場の車にもどって、スマホのサイレントモードを解除すると、突然、着信音が鳴り出した。大阪支店長の田野《たの》からだった。着信履歴が十回ほども残っている。応答すると、いきなり怒号が飛び出した。

「何度も電話してるのに、一向に出ないのはどういうわけだ」

「申し訳ございません。今、阪都大学の岡部教授と面会しておりましたので」

「岡部教授？　面会しないといけないのは守谷准教授だろ。例のメタ分析の論文の件、どうするつもりだ」

「守谷先生ともお話ししてきました。協堂医科大学の須山教授が、バスター5の動脈硬化抑制作用について追試をしているそうです。まだ論文にはなっていないようですが、南大阪地区での治験と齟齬《そご》のある結果が出た場合、メタ分析の論文にも影響が出る可能性があるようです」

「そんなことはわかってるんだよ。須山の追試の研究費がどこから出ているか、君は把握しているのか」

「いえ、そこまでは」

「タウロス・ジャパンだよ」

まさか。紀尾中の脳裏に不可解な相関図が浮かび上がった。

「そんなことも知らないで、君はいったい何をしてきたんだ。君の脇が甘いからタウロス・ジャパンに裏をかかれるんじゃないか。どうして向こうの動きを事前に察知して、先手を打たなかったんだ」

「――申し訳ございません」

「ただでさえ、うちは『リピッド・ジャーナル』に出た八神先生の論文で窮地に立たされているのに、守谷先生のメタ分析の論文まで妨害されて、バスター5のガイドライン収載は実現するのか。万一、グリンガなんかに第一選択の座を取られたら、君の責任問題だぞ。五十川《いそかわ》部長にもそのように報告しとくからな。覚悟しとけよ」

「待ってください。支店長は須山教授の追試の件を、どこからお聞きになったのですか。私は守谷先生から直接、お電話をいただいて知ったのですが、守谷先生が支店長にも連絡したのですか」

そんなはずはない。なら、どこからこれほど早く情報が伝わったのか。

「新宿営業所の有馬《ありま》君だよ。有馬君が須山から情報を得て、五十川部長に報告したんだ。君にも有馬君ほどの情報収集力があれば、こんな事態は未然に防げただろうに、まったくどうしてくれるんだ」

有馬恭司《きょうじ》は東京採用のMRで、紀尾中とは同期だった。現在は新宿営業所の所長をしている。五十川の懐刀とも言われる男で、いっしょに働いたことはないが、切れ者という評判は紀尾中の耳にも届いていた。

田野との通話を終え、紀尾中は重苦しい気分だけを抱えて営業所にもどった。

所長室に入ると、すぐさま殿村と牧が出張の報告に来た。案の定、殿村の口から出たのは、

Ｔ－ＳＥＣＴの治験が正当に行われたことを示す情報ばかりだった。

牧が悔しそうに顔を伏せたまま言う。

「治験コーディネーターの女性からは、グリンガを服用したグループからも脳血管障害のエピソードはあり、対照群より明らかに少ないという印象はなかったという話は聞けたのですが」

そこで言葉を切らざるを得ないのは、それが傍証にもならないと、牧自身もわかっているからだろう。

「ご苦労さん。韓国での助成金の出所がわかっただけでも成果はあったよ。疑わしい点をひとつずつ消していくのが調査だからな」

二人をねぎらったあと、紀尾中は殿村に残るように言い、池野と肥後《ひご》を呼んだ。

三人のチーフＭＲが揃うと、紀尾中は岡部と守谷に面会した結果を伝えた。

「須山教授の追試は、明らかに守谷先生のメタ分析の論文を遅らせることが目的だ。しかも、研究費はタウロス・ジャパンから出ているらしい」

「そんなバカな。ひどいじゃないですか」

池野が声をあげ、肥後も「タウロスもえげつないことをしよるな」と、顔をしかめた。池野が我慢しきれずに続ける。

「この前の堂之上先生の件といい、タウロス・ジャパンのやり口は汚すぎますよ。露骨な妨害工作だと製薬協に訴えて、処分審査会にかけてもらいましょう」

それは紀尾中も考えないことではなかった。しかし、今、タウロス・ジャパンを訴えても、問題にされるのは堂之上の架空講演に対する謝金だけで、須山の追試はタウロス・ジャパンが資金提供を公開しているかぎり、利益相反とはならない。

池野は不服そうだったが、紀尾中は改めて三人の意見を求めた。

「年が明けたら、四月の日本代謝内科学会総会に向けて、本格的な準備がはじまるだろう。八神先生がT－SECTの成果を大々的に発表したら、六月末のガイドラインの改訂に大きな影響を与えかねない。五月中になんとか守谷先生のメタ分析の論文が出れば、強力なカウンターパンチになるが、今はそれも危うい状況だ。この二つをなんとか解決しなければならないが、君たちの考えを聞かせてくれるか」

「私はメタ分析の論文を優先すべきだと思います。八神先生がいくらT－SECTの成果を強調しても、ランダム化比較試験はエビデンス的にはメタ分析よりインパクトが落ちます。総会のあとでメタ分析の論文が出れば、逆転の可能性は高いと思われます」

池野が即答すると、肥後も「そうやな」と応じ、「守谷准教授の論文には、泉州医科大の乾学長のお墨付きもあるんでっしゃろ」と補足した。

「殿村君はどうだ」

「私は八神教授の論文を引っ込めさせるほうがいいと思います」

「しかし、君は韓国で不正の決定的な証拠はつかめなかったんだろう」

「今回の出張ではそうですが、もう少し調べれば何か見つかるかもしれません」

殿村の口調には、焦りも苛立ちもない代わりに、自信や手応えのようなものも感じられない。

「とにかく、東京の須山教授に接触して、どういう状況なのか聞いてみる必要があるな。そのときは、そうだな、肥後さん、同行をお願いできますか」

「了解」

肥後なら年の功で、須山をうまく懐柔することができるかもしれない。さっそく東京行きの準備にかかったが、念のため、大阪支店長の田野に連絡を入れた。すると、意外なことに東京出張は待てとの指示が出た。

「どういうことですか。ことは一刻の猶予もないと思われますが」

「この件は今、本社で検討しているんだ。現場が勝手に動くと、混乱が生じる。本社からの指示が出るまでおとなしくしてろ」

対応をせっつきながら、動こうとすると待てと言う。田野も本社からの指示でそう言わざるを得ないのかもしれないが、紀尾中の焦りは高じるばかりだった。

本社の意向を伝えると、肥後がそもそも論のように言った。

「それにしても、須山教授の追試がこっちの治験とちがう結果になるのはおかしいですな。こっちは真っ正直にデータを集めて、六施設とも有意差ありになったんやから、東京でも同じ結果になるはずでしょ」

「つまり、意図的に結果が異なるように仕組んで、追試をしたということか」

タウロス・ジャパンが助成金を出して結果を誘導したのなら、それこそ利益相反だ。

「うちが助成金を出して、別の先生に追試を頼んだら同じ結果が出るんでしょうけど、それには時間が足りまへんな」

打開の方策を探っていると、翌日、田野から連絡が来た。

「本社からの指示で、須山教授の追試の件は、新宿営業所の有馬君に担当してもらうことになった。地の利を考えれば当然のことだ。だから、君は八神先生の論文のほうに専念するように」

「待ってください。バスター5の治験に関しては、私のほうが詳しいはずです。須山教授の追試の内容をチェックして、異なる結果が出た原因を突き止めれば、メタ分析の論文にもゴーサインが出せます。本社に再考してもらえるよう取り計らいをお願いします」

「君は何を勘ちがいしているんだ。そもそもこんな事態を招いたのは、君の目配りが足りなかったからだろう。本社の指示通り、堺営業所は八神論文の対応に専念すること。以上」

田野は返事も待たずに通話を切った。紀尾中はふたたびチーフMRの三人を所長室に呼んで、本社からの指示を伝えた。池野は拳を握りしめて怒りを露《あら》わにした。

「きっと五十川部長の差し金ですよ。紀尾中所長の動きを封じて、わざと不利な状況に追いやるつもりなんです」

肥後も同感のようすで、長いため息を洩らして愚痴った。

「あーあ。久しぶりの東京やと思うて、楽しみにしとったのに」

殿村は無言だった。代わりに肥後が長身をのけぞらせて総括した。

「これで今年最後の大仕事はキャンセルというわけですな。正月も明るい気持で迎えられそうにおませんな」

その通りだ。だが、時間は待ってくれない。紀尾中は解決の糸口も見えないまま、ゴミ箱でも蹴りたい気分だった。

25　篤志家からの出資

　年末の二日間、紀尾中は妻の由里子《ゆりこ》から割り当てられた窓拭きと、風呂、トイレ、洗面所の大掃除をした。

　紀尾中の自宅は北区百舌鳥《もず》赤畑《あかはた》町のマンションで、九階のベランダからは仁徳御陵《にんとくごりょう》が眺められる。日当たりのいい場所には、由里子が冬バラの挿し木ポットを並べている。由里子とは大学時代からの付き合いで、結婚して二十二年がすぎた。子どもは大学生の息子と高校生の娘の二人。加えて、二年前から義母の敏江《としえ》を引き取って同居している。

　敏江は現在七十八歳で、要介護4の認知症を患っている。それまで奈良で独り暮らしをしていたが、徐々に認知症と体力低下が進んで、放っておけなくなった。折よく息子の陽介《ようすけ》が神戸の大学に入って下宿することになったので、空いた部屋を介護室にしたのだった。

　敏江の認知症はかなり進んでいて、自分の娘と孫はかろうじて認識しているが、紀尾中のことはだれかわかっていない。それでも朝晩、笑顔で挨拶し、休みの日は介護も手伝うので、親切な人とは思ってくれているようだ。足腰が弱っていて、ほぼ寝たきりなので、徘徊などの問題がないのはありがたい。

正月三が日は穏やかな晴天が続き、紀尾中は自宅でゆっくりすごした。二日には敏江を車椅子に乗せて、由里子とともに近くの百舌鳥八幡宮《はちまんぐう》に初詣に行った。正月らしい賑わいで、敏江も珍しく「八幡さん」と、場所がわかったようだったが、紀尾中の頭の中は、須山の追試と八神の論文のことで占められていた。果たして、打開の道は拓けるのだろうか。

考えても仕方ないが、それでも考えずにはいられなかった。

天保薬品の堺営業所は、一月四日の仕事はじめから緊迫した雰囲気に包まれていた。

「年明け早々で申し訳ないが、今、バスター5のガイドライン収載はきわめて厳しい状況にある。諸君には無理をお願いすることになるが、力を合わせてこの難局を乗り切れるよう頑張ろう。まだ時間はある。あきらめずに知恵を絞れば、何か方策が見つかるはずだ。各自のいっそうの努力に期待します」

紀尾中はなんとか気持を奮い立たせようとしたが、状況には何の変化もなかった。MRたちは正月気分もそこそこに、さっそく担当の卸《おろし》業者、診療所や病院に新年の挨拶に向かった。所長室にもどると、紀尾中はどっと疲れを感じた。

田野が言った「八神論文の対応」は、要するに論文の不正を暴けということだろう。しかし、自分たちに都合が悪いからといって、論文に疑いの目を向けるのは、研究者の反発を招く。加えて、韓国出張が空振りに終わったことも痛手だった。韓国側から話を聞いたらしい八神は、天保薬品にあらぬ疑いをかけられた、濡れ衣だとあちこちで怒りを露わにしているらしい。これ以上、失点を重ねると、合同研究班長の乾の心証も害しかねない。そうなると、ガイドラインへの収載は絶望的だ。まさに手足を縛られた気分だったが、それでもわずかに進展はあった。

最初のそれは、池野のチームの山田麻弥《やまだまや》がもたらした。

池野とともに所長室に来た山田麻弥は、プリントアウトした紙を差し出した。

「T－SECTのプロトコール（治験実施計画書）です。これだけ見たら何の問題もありませんが、プロパティ（設定の属性）を開くと作成者の記録が残っていました。作成者の欄に『TAU・J 05965』とあるでしょう。うちの広報部に問い合わせたら、これはタウロス・ジャパンの社員番号らしいです。個人を特定することまではできませんが、T－SECTにタウロス・ジャパンの社員が関わっていたことにまちがいありません」

池野が続けて言う。

「これでT－SECTの利益相反を問えるんじゃないですか。論文にはタウロス・ジャパンの社員名は出ていませんから、関与を隠したか、身分を偽った可能性があります」

たしかにそうだが、プロトコールを作成したというだけでは弱い。単に事務的な作業に関わっただけだと言われれば終わりだ。それでも紀尾中は山田麻弥をねぎらった。

「よく気がついたな。さすがは元新聞記者だ。これでタウロス・ジャパンの関わりが明らかになったから、ほかにも出てくるだろう。プロトコールの作成だけで終わるはずがないからな」

山田麻弥は不服そうだったが、なんとか納得させて所長室から送り出した。

次の情報は肥後のチームの永田《ながた》というMRが持ってきた。永田は中堅のMRで、話がまわりくどいのが玉にキズだが、仕事ぶりは緻密で医師からの評価も高い。肥後が永田の肩に手をやりながら言った。

「T－SECTにカネを出したJHRGという団体がありますやろ。八神が理事長をしてるヤツ。永田がこの団体への寄附元を順番に調べていったんですわ。そしたらひとつ、怪しいところがありましてん。ほれ、おまえの口から言うてみ」

肥後に促されて、永田が一礼して説明した。

「JHRGに寄附をした団体や会社は、事業報告書によると全部で二十ほどでした。いちばん額が大きいのは日本肥満学会で、これはJHRGの理事長である八神先生が、同じく理事を務める団体ですから、いわば自分で自分に寄附しているようなものです。一般企業からも寄附を受け入れています。製薬会社もありますが、タウロス・ジャパンからの寄附はありません。私がおかしいと思ったのは、NPO法人の『生活習慣病研究支援機構（Organization for Supporting Lifestyle-related diseases Research）』という団体です。略称はOSLR。内閣府のNPOポータルによると、定款に『この法人は専門の研究医による臨床研究を支援し、生活習慣病の治療分野において、有益な治療の確立と実現に寄与し、生活習慣病の重症化によって起こる疾病を、一人でも多く阻止することを目的とする』と記されています。設立年月日がT－SECTが開始される約一カ月前。事務所の所在地は、和歌山県海南《かいなん》市重根《しこね》東2丁目15となっています」

　長たらしい説明に、紀尾中がわずかに焦《じ》れた。

「その団体のどこが怪しいんだ」

「まず、所在地です。ネットの地図で調べましたが、まわりに何もないところです。とても医療分野に関わるNPOの存在する場所とは思えません。それにホームページが開かないんです。行政入力情報と閲覧書類もダウンロードできませんでした。どうやら活動らしい活動をしていないようなんです」

「だから？」

「そんなNPO法人が、JHRGに二億三千万円も寄附をしてるんです。もしかしたら、その寄附にタウロス・ジャパンが関係しているのではないかと思って」

「つまりやな、タウロス・ジャパンのヒモ付きであることを隠すための迂回寄附。マネーロンダリングということやろ」

肥後がわかりやすくまとめた。

「なるほど。それならこれは利益相反を問えるな。調べに行くか」

この情報は山田麻弥がもたらしたものよりはるかに有望だった。

「永田君、君のお手柄なのに悪いが、出張は俺が行く。肥後さんも東京出張の埋め合わせに、同行してもらえますか」

「了解。行先はえらいちがいやけど、帰りに紀州の梅干しでも買いますわ」

肥後はいつもの軽口にもどって言った。


紀尾中がＯＳＬＲの事務所に電話をかけると、すぐにつながった。架空の事務所ではないらしい。面会のアポを申し込むと、用件を聞かれた。Ｔ－ＳＥＣＴに関することだと言うと、何のことかわからないとの答えだった。

「お宅が日本高脂血症研究グループ、略称ＪＨＲＧに出した助成金についてうかがいたいのです」

そう頼むと、相手は渋々という感じで面会を受け入れた。

翌日、紀尾中は肥後の運転で、堺から阪和自動車道を和歌山に向かった。海南東インターまで約一時間。県道十八号線を東に進むと、十分ほどでネットに記載されていた住所に着いた。あたりは住宅地だが、更地も目立ち、周囲には雑木林も残っている。

「たしかに医療分野のNPOが、事務所を置きそうな場所とはちがいますな」

肥後が車を停めて周囲を見まわし、「このビルですかね」と、赤大理石張りの古びたビルを見上げた。四階建てで人気はなく、入口の横に『空室あり』の貼り紙が出ている。

「バブルのときにできたんでしょうなぁ。贅沢な造りやけど、今はさびれまくってるという感じですな」

紀尾中も似たような印象を持った。OSLRの事務所は二階で、エレベーターもあるが、横の階段で上がる。

「失礼します」

ドアを開けると、カウンターに人はおらず、殺伐とした空間が広がっていた。

「どなたかいらっしゃいませんか」

紀尾中が声をかけると、左手の扉が開き、顔色の悪い男が顔を出した。来客を認めると、「どうぞ」と、自分の部屋に招き入れる。部屋には両袖のある立派な机と、表面にひびの目立つ黒革の応接セットがあった。

「本日はお時間をいただき、ありがとうございます」

とても「お忙しいところ」とは言えなかった。名刺を交換すると、男の肩書きは『NPO法人OSLR　理事長』だった。名前は平井《ひらい》芳次《よしつぐ》。

「こちらは平井さんおひとりで運営されているのですか。それとも、別に活動拠点のようなところがあるのでしょうか」

「そういうところはございません」

平井は明らかに警戒感を抱いているようだった。肥後が雰囲気を和らげるように、窓の外に視線を向けて言う。

「このあたりは開放的でよろしいな。空気もきれいやし、健康にもよろしいやろ」

平井は無反応。

「こちらの活動内容をお聞かせ願えますか。基本的なことを承知しておきたいので」

紀尾中が聞くと、平井はNPOポータルに出ていた内容を、多少、肉づけして説明した。

「その業務の一環として、JHRGに助成金を提供されたのですね」

「そうです」

「ほかの研究にも助成金を出しておられますか」

「いえ、それはまあ、今のところはＪＨＲＧさんだけです」

「ほかは内容に問題があったとか、そちらの意に沿わなかったということでしょうか」

「まあ、そうですね」

平井はそれ以上聞いてくれるなというように目線を逸らした。

肥後が代わって訊ねる。

「そちらのホームページを拝見しようと思うたんですが、どういうわけか開きませんねん。どうなってるんでしょうかね」

「ホームページは閉鎖しています」

「なんでまた」

「当ＮＰＯは間もなく解散の予定なんです。運用がうまくいきませんでね」

「そしたら、ＪＨＲＧに支援をしただけで、役目を終えるっちゅうわけですか」

肥後が思わせぶりな言い方をすると、平井は「結果的にはそうなってしまいます。あくまでたまたまですが」と、偶然を強調した。

ふたたび紀尾中が聞く。

「運用がうまくいかなかったというのは、資金面でのことですね。つまり、資金が枯渇したということでしょうか」

「そうです。お恥ずかしい話ですが」

「元々ＯＳＬＲさんの資金は、どのようにして集めておられたのですか」

「寄附です」

ここからが勝負だ。紀尾中は何食わぬ顔で質問した。

「ＪＨＲＧさんへの助成金は、いくらぐらいだったのですか」

「それは帳簿を確認しなければ明確にはわかりませんが、一千万ほどではなかったかと」

紀尾中が肥後と顔を見合わせた。永田が調べた額と大きくちがう。

「平井さん。我々もこうしてわざわざお目にかかりに来たのは、嘘や戯言《ざれごと》を聞くためではありません。ＯＳＬＲさんがＪＨＲＧに提供した額は、こちらの調査で二億三千万円だったことがわかっています。私どもが面会を申し込んだとき、平井さんはＴ－ＳＥＣＴが何のことだかわからないとおっしゃいましたね。つまり、お宅のＮＰＯは、二億三千万円もの助成金をどんな研究に使われるかもわからずに、提供されたということですか」

それを認めれば、自分がバカだと公言するに等しい。平井は、紀尾中の微笑みながら強い光を宿す目線を避けるように、顔を伏せた。それでもにらみ続けると、観念したように色の悪い唇を震わせた。

「申し訳ありません。ＪＨＲＧさんが助成金をＴ－ＳＥＣＴの治験に使ったことは、承知していました」

「そやろな。それが真実っちゅうもんやで」

肥後が身体《からだ》を反《そ》らせてうなずく。紀尾中はさらに追及する。

「なぜ、知らないとおっしゃったんですか」

「面倒を避けようと思って」

「どうして面倒が起きると思われたのですか。助成金の提供が公明正大に行われたのであれば、むしろ胸を張ってもいいんじゃありませんか」

そこまで言うと、平井は完全に戦意を喪失したかに見えた。紀尾中はさらに相手の逃げ道を塞ぐように言葉を重ねた。

「ＯＳＬＲさんはＴ－ＳＥＣＴのために作られたＮＰＯではないかと、我々は見ています。もちろんたまたまではなく、意図的に作られたものです。そうでしょう？」

「おっしゃる通りです」

「それは助成金の出所を表に出さないことが目的でしたね」

平井は観念したようすでうなずいた。うなだれたまま低い声で聞く。

「お宅らは、その出所も見当をつけているんですか」

「もちろんです。タウロス・ジャパン。Ｔ－ＳＥＣＴの治験に使われた薬剤の販売元です」

　これで利益相反は明らかになる。思った瞬間、平井が顔を上げて目を剝《む》いた。

「はあ？　タウロス・ジャパン？　まさか、えっ、そんなふうに考えていたんですか」

　頓狂な声に、紀尾中たちのほうが動揺した。なんとか平静を装い、平井を見据える。

「平井さん。この期に及んで下手《へた》な言い逃れはよしてください。T－SECTの治験に二億三千万円もの助成金を出す会社が、タウロス・ジャパン以外に考えられますか。あるならはっきりおっしゃってください」

　思わず力を込めたが、それが不安の裏返しであることは紀尾中自身、自覚していた。それくらい平井の顔には曇りがなかった。

「ご説明しましょう。個人名は出せませんが、ＪＨＲＧさんに助成金を提供したのは、和歌山のある篤志家です」

「個人が出したやて、二億三千万円も？　そんなアホな」

　肥後が信じられないというように落ちくぼんだ目を見開いた。それを無視して、平井が続ける。

「その方は県下でも有数の資産家で、四年前に娘さんを脳出血の発作で亡くされたのです。原因は動脈硬化です。四十二歳の若さで動脈硬化が進んだのは、体質的にコレステロールが高かったのを、きちんと治療しなかったからだそうです。そのことを悔やんでいるときに、たまたまコレステロールを下げるいい薬が開発中だという話を聞いて、娘の供養のためにと研究費の助成を申し出られたのです」

「タウロス・ジャパンがその篤志家と接触したのですか」

「詳しいことは存じません」

「しかし、それならどうして、わざわざNPOを立ち上げたりしたのです。直接、寄附をすればいいじゃないですか」

「その方は社会的に名のある方で、娘さんが亡くなったことを公表していなかったので、助成金を出すことも公にしたくなかったのです。それで税理士さんに相談して、NPOに迂回する方策をとられたのです」

「その篤志家の方にお話をうかがえますか」

紀尾中が食い下がると、平井はとんでもないというように首を振った。

「お宅らがしつこく聞くから、ここまで話しましたが、ほんとうは寄附元についてはいっさい他言無用ときつく言われているんです。話を聞くだなんて、ぜったいに無理です」

紀尾中と肥後はこの信じがたい話をどう理解すればいいのか、互いに言葉にならない目線を交わした。

平井はすっかり落ち着きを取りもどし、ソファの背もたれに身を預けるほどの余裕で言った。

「紀尾中さんでしたっけ。お宅らがなぜうちのNPOに疑問を持ったのかが、ようやくわかりましたよ。製薬会社同士のゴタゴタだったんですね。残念ながら、うちはそういう争いとは無縁ですから。悪しからず」

さらなる追及のネタもない以上、席を立つよりほかはなかった。

帰りの車の中で、肥後がキツネにつままれたような顔で訊ねた。

「所長。今の話、どない思いはります？」

「手の込んだ作り話、というところですかね」

「やっぱりそうですか。しかし、それならあの平井という理事長、小心者のように見せて、相当な役者ですすな」

肥後の言う通り、最初に見せた警戒心も、こちらの追及に観念したようすも、すべて演技だったのだ。

「決定的な証拠をつかまないことには、タウロス・ジャパンはどこまでも言い逃れを繰り返すだろう。しかし、不正をやっているなら、どこかにほころびがあるはずだ」

紀尾中が自分に言い聞かせるようにつぶやくと、肥後は黙ってうなずき、梅干しを買うのも忘れて高速道路のインターに向かった。

26　オネスト・エラー

その後、永田はさらに調査を進め、ＯＳＬＲの事務所が入居するビルが、タウロス・ジャパンに新たなシステムを導入した「フライング・ネット」というＩＴベンチャーの所有であることを突き止めた。タウロス・ジャパンが迂回寄附のＮＰＯを設立するときに、フライング・ネットが取引上の付き合いで持ちビルの一室を提供したことは十分に考えられる。

しかし、それもまた状況証拠の域を出ず、逆に資産家の寄附を受け入れるために、便宜を図ったのだと言われれば辻褄が合ってしまう。

池野はこれだけグレーの証拠が集まったのだから、Ｔ－ＳＥＣＴとタウロス・ジャパンとの関係を追及してもいいのではないかと主張した。だが、紀尾中は応じなかった。ただでさえ、八神は天保薬品の疑念を濡れ衣だと喧伝しているのだ。決定的な証拠なしに追及すれば、さらにこちらの非礼を言い募るだろう。

二月のはじめ、泉州医科大学から、日本代謝内科学会総会のプログラムがほぼ固まったという連絡が届いた。八神のT－SECTの論文発表は、総会最終日の午後、注目度の高いメインホールでの特別講演に組まれている。座長は乾。この発表で八神がグリンガの効能を高く評価すれば、ガイドラインの第一選択に収載される可能性は一気に高まる。

紀尾中はなんとか打開の道を探るため、ふたたび阪都大学の岡部を訪ねた。

「岡部先生。代謝内科学会総会で八神先生の発表の座長を、乾先生が務められるということは、乾先生もT－SECTの成果を認めておられるということでしょうか」

「たぶんな。八神先生はこれまでの確執を捨てて、乾先生にずいぶん接近しているようだから。まあ、乾先生はそんなことで態度を変える方ではないと思うが」

これまでいくら紀尾中が乾との信頼関係を築いたとしても、論文の威力にはかなわない。論文とエビデンスは、医療者と製薬業界の癒着を排するための、世間に向けての〝錦の御旗〟なのだから。

何の助力も得られず、悄然として教授室を出たところで、思いがけない人物が紀尾中を待っていた。

「堂之上先生。ご無沙汰しています」

新年の挨拶がまだのことを謝ろうとすると、堂之上はそれを制し、「実は、私のほうからうかがおうかと思っていたのです」と声をひそめた。

紀尾中に目配せをして、無人のカンファレンスルームに招き入れた。白衣の脇に人目をはばかるようにクリアファイルをはさんでいる。

「紀尾中さんたちが、T－SECTの治験について、タウロス・ジャパンからの資金提供を疑っていることは、岡部教授から聞いています。その疑念の通り、経費はタウロス・ジャパンから出ています。しかし、それを公表したら論文の説得力が弱まるので、タウロス・ジャパンとの関わりを消すために、助成金を迂回させたのです。八神先生が設立したJHRGに、OSLRというNPOから助成金が出たことはご存じでしょう。これはそのOSLRにタウロス・ジャパンからのカネが流れたことの証拠です」

クリアファイルから取り出されたのは、銀行通帳のコピーだった。通帳の名義は『タウロス・ジャパン経理部』。三回にわたって、タウロス・ジャパンからOSLRに行われた振り込みの記録である。日付と金額は、いずれも四年前の一月二十五日に八千万円、三月二十五日と五月二十五日にそれぞれ七千五百万円。振り込み金額のトータルは二億三千万円。OSLRからJHRGに提供された金額とぴったり一致する。

「これは、いったい……」

紀尾中は信じられない思いでコピーを見直した。堂之上が声をひそめる。

「一昨日、タウロス・ジャパンの経理部にいる男から手に入れました。名前は伏せますが、その男は以前からせこい横領を行っていて、それを私が知ったので、告発しないことを条件に通帳のコピーを取らせたのです」

堂之上によると、その男は、タウロス・ジャパンが抱き込んだ医師たちへの謝金の支払いを担当していたという。

「紀尾中さんたちに架空講演の謝金を追及されたとき、タウロス・ジャパンのホームページに医師への提供資金が公表されていると聞き、自分のデータを調べてみたのです。そうしたら、私が実際にもらっていた金額はデータより二割ほど少なかったのです。しかも、支払いを受けた覚えのない監修も五件ほど挙がっていました。それでおかしいと思い、経理の担当者に確かめたのです。はじめは事務手続きのミスだとか言ってましたが、ほかの医師にも確認するぞと詰め寄ると、男は水増しを認めました。私の架空講演の上にさらに架空の講演や監修を作って、その謝金を自分のポケットに入れていたのです」

製薬会社が医師への資金提供を個人ごとに公表していることは、医師にもあまり知られていない。まして堂之上は〝抱き込み医師〟としては〝新米〟なので、経理担当者もバレないと思ったのだろう。ほかの医師からもピンハネしているだろうから、総額はかなりの金額になるにちがいない。発覚すれば当然、懲戒解雇、刑事告訴も受けかねない。

その弱みにつけこんで、経理担当の男に通帳のコピーを取らせたのだという。

「堂之上先生、どうして私たちのためにここまで」

「この前のコンプライアンス違反で、紀尾中さんたちが私の架空講演を公にしなかったことへの、せめてもの恩返しですよ」

あのとき、架空講演の問題を表沙汰にしなかったことが、思いがけず功を奏したようだ。

「ありがとうございます。これでバスター5も息を吹き返します」

「最後にお役に立ててよかったです」

「最後に？」

「ええ。私は三月いっぱいで大学を離れるのです。あんな不祥事を起こしたのだから、医局を追放されても当然なのですが、岡部先生が神戸の関連病院に、内科部長のポストを用意してくださって……。八神先生は、岡部先生は部下の将来など考えていないと貶《けな》していましたが、ちゃんと考えてくれていたのです。ほんとうに感謝の言葉もありません」

その目は、以前の神経質なギラつきが消え、洗われたように穏やかだった。


営業所にもどると、紀尾中はさっそくMRたちに、堂之上に渡されたコピーを見せた。タウロス・ジャパンの関わりを明らかにすると、それぞれが興奮した声をあげた。

「これでT－SECTが〝ヒモ付き治験〟だったことがはっきりしたわけですね。いよいよ決定的な証拠で一気に攻め落とすときが来ましたね」

山田麻弥が、まず気勢を上げた。池野が続く。

「これで八神先生も一巻の終わりだな。あらぬ疑いをかけられたみたいに言いふらしていたそうだが、このコピーを突きつけたらぐうの音も出ないだろう」

「八神先生も、まさかタウロス・ジャパンの内部から、情報が洩れるなんて思ってもいなかったでしょうね」

野々村《ののむら》が言うと、同じ池野のチームの牧が感心するように殿村を見た。

「韓国出張のとき、殿村さんが言ったんですよ。相手方から裏切り者をさがすのが手っ取り早いって。その通りになりましたね」

「いや、その経理の担当者は裏切ったのではなく、脅された結果、情報を出さざるを得なかったのだろう」

殿村が訂正すると、肥後がニヤニヤしながら言った。

「OSLRの平井のヤツ、何が和歌山の篤志家や。ふざけやがって。寝言は寝て言え」

池野が改まって紀尾中に進言した。

「T-SECTの論文に、タウロス・ジャパンからの資金提供が明示されていないのは、明らかな利益相反だし、二つも団体を迂回させて、出所を隠ぺいしようとしているのは悪質です。この際、八神先生を徹底的に追及しましょう」

「そうだな。じゃあ、さっそくアポを申し込む」

電話で「T－SECTの件で、うかがいたいことがございます」と申し入れ、「できれば早いほうが」と頼むと、「それなら明日の朝、来い」と命令口調で言われた。

翌日、紀尾中は池野を伴って、北摂《ほくせつ》大学に向かった。

ハンドルを握る池野は、「これで決着がつきますね」とつぶやいたが、紀尾中は今一度、八神がどう反論するかを考えた。単に知らぬ存ぜぬでは通用しないことくらいはわかるだろう。ならばJHRGに渡ったカネは、タウロス・ジャパンからのものではないと言い張るのか。それならOSLRにはその二億三千万円が残っているはずだ。しかし、この前訪問で、OSLRは資金が枯渇しているという言質《げんち》を取っている。つまり、タウロス・ジャパンからのカネ以外に、JHRGに流れる資金はないということだ。

よし、完璧だ。

紀尾中は自分にうなずき、北摂大学に着くのを待った。

午前十時。約束の時間ぴったりに、八神の教授秘書に取り次ぎを頼んだ。

教授室に入ると、八神は険しい表情で紀尾中たちを迎え入れた。どんなに威圧的な態度をとられようと、こちらには動かぬ証拠がある。剥き出しの敵意はむしろ相手の不利の表れだと感じるほど、紀尾中には余裕があった。

「貴重なお時間を無駄にしてはいけませんので、単刀直入に申し上げます。今般、私どもの調査で、先生が論文を書かれたT－SECTの治験に、タウロス・ジャパンからの資金提供があったことが判明いたしました」

「タウロス・ジャパンからの資金提供？　どういうことかね」

まだとぼける余裕はあるようだ。ならば言ってやろう。

「助成金を出したJHRGに、資金を提供したOSLRへ、タウロス・ジャパンからの振り込みがあったのです。タウロス・ジャパンは、二つの団体を迂回させて、資金提供を隠ぺいしていました。悪質なマネーロンダリングです」

八神の目が揺れる。しかし、そこには意外にも驚愕の色はない。不敵な声で低く聞いた。

「証拠はあるのか」

「これです」

紀尾中が池野に命じて、通帳のコピーを八神に見せた。

「フン。まったく」

八神は一瞥しただけで、鼻で嗤《わら》いながら続けた。

「なるほど。残念だが、どうやら事実のようだな」

いやに余裕がある。紀尾中のほうが不審を抱き、攻めを急いだ。

「驚かないのですか」

「そのコピーのことは聞いていたからな」

どういうことか。戸惑う紀尾中に八神が続けた。

「OSLRの平井君から連絡があったんだよ。昨日、彼のところに差出人不明の速達が届き、中にそれと同じコピーが入っていたそうだ。まさかと思って、タウロス・ジャパンに問い合わせたところ、経理の担当者が急に会社を辞めて、詳細はわからなかったらしい」

堂之上にコピーを渡した経理部の男が、退社したというのか。おそらく懲戒解雇を恐れたのだろう。

「平井君も慌てとったよ。助成金の出所は、和歌山の篤志家だと前任者から聞かされていたんだからな。もちろん、僕も驚いた。まさに、青天の霹靂《へきれき》だったよ」

「とぼけないでください。タウロス・ジャパンからの資金提供があったことは、認めるのですね」

「事実のようだからな」

八神は不愉快そうに目を逸らした。

「でしたら、悪質な隠ぺい工作もお認めになるのですね」

「隠ぺい工作とはどういう意味だ。僕はこの件は、昨日はじめて知ったんだぞ。知らないものを、どうやって隠すというのかね」

経理部の男は情報が洩れたことを報《しら》せるために、平井にコピーを送ったのだろう。平井は紀尾中らが調査に来たことを踏まえて、すぐ八神に連絡し、八神は急遽、言い逃れを考えた。それがこの開き直りだ。紀尾中が唇を嚙むと、横から池野が我慢しきれないように口をはさんだ。

「八神先生がご存じないはずがないでしょう。治験の責任者なのだから、助成金がどこから出たのか、知らないなんてあり得ない」

「あり得ないとはなんだ。僕は正直に話しているだけだぞ。平井君の前の理事長から篤志家のことを聞いたんだ。なぜそんな話になったのかはわからんがね」

「前理事長は何という人です。今、どこにいるんです」

「さあ、忘れたな。どこにいるのかも知らない」

八神は池野の追及をとぼけた調子でかわし、紀尾中に言った。

「助成金のことは、我々の与《あずか》り知らないところで行われたのだ。だから、論文にも書かなかった。しかし、今は知ったのだから、論文は一部訂正しなけりゃいかんだろうな」

「待ってください。助成金の迂回は悪質と見なされますから、論文は取り下げるのが筋ではありませんか」

「何が悪質なのかね。これは単純ミスなのだ。つまり、オネスト・エラーだ」

「何ですって」

思わず聞き返した。こんな悪質な隠ぺいを、うっかりミスだと言い抜けるつもりか。厚顔無恥も甚だしい。池野も想定外の言い分に呆気に取られている。

八神は二人の驚きを無視して続けた。

「だから、論文は訂正する。代謝内科学会の総会でも、タウロス・ジャパンからの資金提供には言及するよ。それで問題はないだろう」

声に不満の響きがあるのは、利益相反に言及せざるを得なくなったことへの苛立ちだろう。

紀尾中は逃がしてなるものかと、声を強めた。

「それだけではすまないでしょう。明らかなヒモ付き治験で、隠ぺい工作もあったのですから、総会での発表も取りやめるべきではありませんか」

「さっきから隠ぺい工作と言ってるが、だれが何を隠したと言うのかね。これはオネスト・エラーだと言っているだろう。それとも何か。僕がタウロス・ジャパンから資金提供があったことを、あらかじめ知っていたという証拠でもあるのか」

八神の声も強まった。明らかな開き直りだ。答えられずにいると、八神は勝利者の余裕で、解説するように言った。

「製薬会社から資金提供があったからといって、研究者が事実を曲げたり、製薬会社に有利な結果を出したりするというのは世間の偏見だ。製薬会社は自社で薬を開発しても、保険適用の認可を得るには治験が必要だ。患者への投与は医師にしかできない。だから、医師と製薬会社は互いに協力する以外にないのだ。君も製薬会社の人間ならわかるだろう。そこに癒着を疑い、利益相反があると決めつけるのは下衆《げす》の勘繰りだ。常に患者のことを思い、日夜、努力を続けている医師や研究者への侮辱でもある」

今はそんな話を聞きに来たのではないとにらみ返すと、八神は含みのあるいやらしい笑みを浮かべて言った。

「君らが守谷君に書かそうとしているメタ分析の論文も、元はと言えばすべて天保薬品がカネを出してやった治験だろう。それで天保薬品に有利な結果が揃った。それを癒着だの、利益相反だの言われたら、腹が立つだろう」

「南大阪地区の治験で良好な結果が得られたのは、バスター5がいい薬だからです。何も疚しいところはありません」

「その言葉をそっくり返させてもらうよ。グリンガもいい薬だから、T－SECTの治験で良好な結果が得られたのだ」

盗人猛々《ぬすっとたけだけ》しいとはこのことだ。紀尾中はそう思ったが、具体的な反証の手立てがなかった。

「守谷君のメタ分析の論文も、雲行きが怪しいそうじゃないか。T－SECTの粗さがしをする暇があったら、メタ分析をサポートするほうが急務じゃないのかね」

八神はまるで紀尾中たちが動けないことを知っているかのように、嫌みな笑みを浮かべてみせた。悔しいがこれ以上、長居をしても仕方がない。席を立つと、八神は驚いたように言った。

「もう帰るのか。まあ、君たちも忙しいだろうからな」

最初の苛立ちとは打って変わった余裕で、紀尾中たちを見送った。

27　日本代謝内科学会総会

二月二十日。

紀尾中は所長室から沈鬱な顔で出てきて、その場にいた二人のチーフMRに言った。

「今、杉並総合病院の城戸《きど》院長から電話があったよ。八神先生が『リピッド・ジャーナル』の次号に、論文の訂正記事を出すよう依頼してきたらしい。T－SECTの助成金に、タウロス・ジャパンが関わっていたことを追加する記事だ。城戸院長によると、八神先生は悪びれもせず、とんだオネスト・エラーで自分もびっくりしているとか言っていたそうだ」

「何がオネスト・エラーですか。白々しいにもほどがある」

池野が吐き捨てると、肥後は多少の期待を込めて確認した。

「けど、訂正記事が出たら、論文の信用度も下がるんとちがいますか。しかも、利益相反に関わる訂正でっしゃろ」

「いや、訂正記事は巻末の目立たないところに出るだけだろう。雑誌としてもあまり恰好のいいものじゃないからな。それに、三カ月も前に載った論文と、今度の訂正記事を突き合わせて確認するほど暇な読者が、それほど多いとも思えない」

「我々のほうで、T－SECTの論文に利益相反の事実が隠されていたと、大々的にアピールすることはできないんですか」

「八神先生は隠していたわけではなく、知らなかったのだと主張するだろう。その上で言いがかりをつけるなと、我々を攻撃してくるにちがいない。そうなれば、こちらはバスター5を売り込むために、ライバルのグリンガを貶《おとし》めようとしていると勘繰られかねない。八神先生があらかじめタウロス・ジャパンの資金提供を承知していたことを示す証拠をつかまなければ、隠ぺいとして攻撃できない」

「ほんまにムカつくオヤジですなあ」

肥後が表情を歪《ゆが》め、池野は悔しそうに唇を噛む。そして池野は、ふと思いついたように紀尾中に提案した。

「四月の代謝内科学会総会で、八神先生は最終日にT－SECTの特別講演をするんでしょう。そのときに、タウロス・ジャパンからの資金提供も言わざるを得ないでしょうから、質疑応答でヒモ付き治験ではなかったのかと糺《ただ》せませんか」

「それをするにも証拠がいるだろう。ただの疑いでそんなことを追及したら、それこそこちらが言いがかりをつけていると取られてしまう」

答えながら、紀尾中の胸中に無念の思いが込み上げる。せっかくタウロス・ジャパンからの資金提供までつかんだのに、あと一歩のところで詰めきれない。池野も肥後も思いは同じだろうが、二人とも気が逸《はや》るばかりで、八神の講演を阻止する妙案はないようだった。

気分転換に廊下の自動販売機にコーヒーを買いに行くと、牧がペットボトルの茶を飲んでいた。しばらく雑談したあと、牧が改まった調子で、「市橋《いちはし》君のことなんですが」と切り出した。

「彼は学術セミナーのあとあたりから、ちょっと考え込んでいるみたいで……」

何のことかと思うと、MRの理想と現実のギャップに悩んでいるというのだ。市橋はMRとして患者や家族に感謝されたいのに、ノルマや売り上げに追われるばかりでいいのかと悩んでいるらしい。

「今、うちの営業所はバスター5のガイドライン収載に向けて、わき目もふらずという感じでしょう。それでよけいに疑問を感じているみたいなんです」

「例の興信所まがいの仕事もイヤなんだろうな」

紀尾中はタウロス・ジャパンと八神の不適切な関係をつかめないかと、市橋に八神の行動確認を指示していた。もちろん毎日ではなく可能な範囲で、と条件は緩めてある。

「この大変なときに、所長を煩わせるようなことを言って申し訳ないんですが、ちょっと気になったもので」

「ありがとう。心に留めておくよ。MRも長くやっていると、患者とのつながりも感じられるんだけどな。牧君も相談に乗ってやってくれ」

「わかりました」

牧は一礼して、大部屋にもどっていった。後ろ姿を見送りながら、後輩への目配りも利く牧は、近いうちにチーフに推輓《すいばん》しようと紀尾中は思った。


三月に入っても、進展はなかった。

東京では、新宿営業所の有馬が動いているようだったが、詳しい情報は入ってこない。紀尾中は気が気ではなかったが、須山の追試の件は新宿営業所に任せろと本社から言われている以上、口出しもできない。

大阪支店長の田野からは、八神の不正を証拠立てろ、タウロス・ジャパンとの癒着を暴けと、連日の催促で、紀尾中は何度か居留守を使った。そうでもしなければ、無駄なストレスが募るばかりだった。

そのうち、泉州医科大学からさらに思わしくない情報がもたらされた。最終日の特別講演に、韓国のヒュンスン・メディカルセンターからカン院長が参加するというのだ。元々、カンはソウル大学の代謝内科の教授で、現星グループの会長に請われてヒュンスン・メディカルセンターの院長に移ったが、今も世界的な研究者と見られている。そのカンが、総会の最終日に、特別講演のトリをとるというのだ。講演のテーマは未定だが、当然、T－SECTに関するものになるだろう。

八神の講演はカンの前、寄席で言うなら膝代わりということになる。これでグリンガは二枚看板でフィーチャーされ、総会の参加者に強烈な印象を与えるにちがいない。ますますバスター5の影が薄くなるが、まさかカンの来日を止めることもできない。

堺営業所は、連日、重苦しい空気に包まれていた。

昼休み、MRたちはみんな昼食に出たらしく、大部屋はがらんとしていた。食欲のない紀尾中は、せめてコーヒーだけでもと所長室を出た。すると、廊下から奇妙な声が聞こえてきた。

〽そのときぃー　若光ぉ十五歳　父同様にぃ　王族の血を受け継ぎてぇ

武芸のー達人として　広く頭角をぉ　現すぅうう

何事かとのぞくと、殿村が壁に向かって唸っていた。

「殿村君。どうしたんだ」

「あっ、つい熱が入ってしまいました。すみません」

「別にいいけど、何なの、今の」

「琵琶の稽古ですよ。来月、発表会がありますので」

この大変なときに、呑気《のんき》なものだと紀尾中はあきれる。

「そう言えば、牧君に聞いたけど、殿村君は韓国出張のときに、紋付き袴を持っていったそうだね。どうしてまた」

「友好のしるしですよ。韓国の人は日本という国は嫌いでも、日本人は好きという人も多いですから」

どうも殿村の言うことは話が見えない。自動販売機のほうに行こうとすると、殿村が数秒、迷うように口元をうごめかせた。

「何かあるのか」

「実はその、まだはっきりしないので、申し上げていませんでしたが、私の紋付き袴がもしかしたら、功を奏したかもしれないんです」

「どういうことだ」

「この前、生野区に住む在日韓国人の女性が私に連絡してきて、ペク・ヨンジャさんが、私のことを誤解していたかもしれないと言ってきたのです」

ペク・ヨンジャ？　かすかに覚えのある名前だ。そうだ、牧が書いた韓国出張の報告書に、面会相手として挙げられていた。

「ヒュンスン・メディカルセンターの――」

「治験管理推進室長です。T－SECTの主任治験コーディネーターをやっていました」

「その彼女がどうしたと」

殿村は次のように説明した。

ペク・ヨンジャは、殿村らが訪問したとき、まるで敵対しているかのような態度だったが、それは殿村たちが嫌韓派だと教えられていたからだ。その情報をもたらしたのは、殿村たちを案内した笹川だった。ペクの部下であるキムは、その夜、内密に取材に応じるという名目で、夕食の招待に応じた。殿村は紋付き袴姿で現れ、自分は琵琶の奏者で、韓国大使夫妻の前でも演奏したことを話した。キムからその話を聞いたペクは、殿村から『琵琶法師』と書いた名刺をもらったことや、彼が別れ際に韓国語を口にしたこともあり、奇妙に思って調べるうちに、ネットで殿村が演奏している動画を見つけた。日本にいる韓国の大使夫妻が、高麗神社の催しに参加したことを伝えるニュース映像である。それで、ペクは殿村が嫌韓派であるという情報を疑い、在日韓国人の知り合いを通じて連絡をしてきたというのだ。

「で、そのペクさんは、何か新しい情報を持っているのか」

「わかりません。ですが、彼女は韓国側で行われた治験の生データを、すべて持っているのです。もしかしたら、そこから何かわかるかもしれません」

可能性はある、と紀尾中は思った。論文に挙げられているのは、データの集計であり、個別のデータは出ていない。生データの解析には時間がかかるが、やってみる値打ちはあるかもしれない。

「そのデータを見せてもらえるのか」

「それは無理でしょう。情報の漏洩になりますから」

だったらどうするのか。考えながら、紀尾中はふと、今の殿村の話に強い違和感を抱いたのを思い出した。

「ちょっと待ってくれ。今、君たちを嫌韓派だと伝えたのは、笹川先生だというのか。天王寺大学からソウル大学に留学している？」

「そうです。笹川先生は来月帰国の予定です。どこにもどるか、所長はご存じですか」

「古巣の天王寺大学じゃないのか」

「いいえ。笹川先生は、北摂大学の呼吸器内科の准教授になるそうです」

殿村はあっさり言ったが、北摂大学の内科に所属するなら、ボスは八神ということになる。つまり、笹川には八神の息がかかっていたのだ。韓国に留学している医師をさがして、阿倍《あべ》野《の》営業所時代の伝手《つて》でたまたま見つけた笹川だったが、とんだ敵方の人間だったというわけだ。

「韓国出張で情報が得られなかったのは、当然というわけだな」

紀尾中が天を仰ぐように言うと、殿村は「ですね」とうなずいてみせた。

四月十五日、火曜日。日本代謝内科学会総会の前日。

紀尾中たちは、午後から会場のリーガロイヤルホテル大阪で、総会の最終準備を進めていた。企業関係者の控室は、ウエストウイング二階の「楓《かえで》の間」である。

学会総会のような大がかりな催しは、専門のイベント会社が運営を取り仕切る。製薬会社や医療機器メーカーは、協賛の形でセミナーやシンポジウムに参加することになる。天保薬品も三日間の会期中、ランチョンセミナー四つと、シンポジウムおよびワークショップを一つずつ共催していた。

紀尾中たちのチームは、特命によりセミナーなどの業務から離れ、バスター5のガイドライン収載の宣伝活動に専念するよう指示されていた。

総会の前夜には、ホテル三階の大広間で、学会長主催の懇親会が開かれる。その場にはガイドラインの合同研究班のメンバーも参加し、ふだん接触しにくい遠方の医師も来るので、紀尾中はMRたちにそれぞれの担当を決めて、アプローチの機会を逃さないよう準備をさせていた。

懇親会の開始三十分前。すでに多くの製薬会社のMRたちが会場の入り口に立ち、目指す相手を待ち受けていた。

紀尾中が部下のMRたちを集めて言う。

「うちは阪都大の岡部教授と守谷准教授、それと杉並総合病院の城戸院長はぜったいにはずすな。それから、池野君。君はできたら協堂医科大学の須山教授をつかまえてくれ。例の追試がどうなっているか聞き出して、なんとかうちの不利にならないようにできないか探ってほしい」

遊撃隊の池野に困難なミッションを与えると、意外な答えが返ってきた。

「さっき、事務局に確認したら、須山先生は急遽、参加を取りやめたとのことでした」

「参加しない？　どういうことだ」

「わかりません。欠席の連絡は、一昨日あったそうです。病気とかではないようですが」

総会は年に一度、全国の関係者が集まる重要な学会のはずだ。それを欠席するのにどんな理由があるのか。

　ＭＲたちが来場する関係者を見逃すまいと、エレベーターホールに目を凝らしはじめる。紀尾中は殿村の背後に近づき、小声で訊ねた。

「ペクさんからの連絡はまだか」

「まだです」

「間に合うのか」

「わかりません。八神先生の講演の日時は伝えていますが」

　殿村を急かしても意味はないし、拙速に動いて不確実な結果を手にしても仕方がない。

　開始時間が近づくと、大広間のロビーは参加者でいっぱいになり、ラッシュアワーのターミナル駅のようになった。重要なターゲットには二人ずつの担当をつけている。部下のＭＲたちは、抜かりなく目的の相手を見つけて、会場内に案内しているようだ。

　開始五分前、別室での役員会を終えたメンバーたちが、係員に誘導されてロビーに現れた。学会長の乾をはじめ、八神や岡部ら学会の役員たちが、受付を素通りして大広間に入っていく。紀尾中が岡部のあとを追おうとすると、後ろから、「よう」と低いだみ声がかかった。タウロス・ジャパンの鮫島《さめじま》だ。無視して会場内に向かうと、鮫島はあとを追ってきて、紀尾中の耳元でささやいた。

「韓国に部下を派遣したり、和歌山くんだりまで行ったりしてご苦労なこったな。で、成果はあったのか」

「T－SECTに、おまえんとこからカネが流れていたのがわかったよ」

にらみ返すと、鮫島は悪びれもせずヘラヘラ笑った。

「その件じゃ、俺も八神先生にきつく叱られたぜ。タウロスから助成金が出ていたのなら、なぜ前もって言わなかったんだってな」

あくまで八神は知らなかったということで通すつもりのようだ。

役員たちがステージの手前に到着すると、司会役の理事が開会を告げた。

まず学会長の乾が厳粛な調子で挨拶をし、海外から招待された研究者たちの挨拶が続いた。アメリカ、ドイツ、香港からの参加者がステージに立ったあと、副会長を務める東京帝都《ていと》大学の教授が乾杯の挨拶をはじめた。

「……明日からはじまります第92回日本代謝内科学会総会は、代謝内科学会の重鎮であられます乾学会長のお力もあり、これまでの総会にも増して有意義な講演、セミナー、シンポジウム等が目白押しでございます……」

きらびやかな光と華やいだ雰囲気の中で、紀尾中が池野に不審の声を洩らした。

「ヒュンスン・メディカルセンターのカン院長はどうした」

カンの講演は最終日の予定だが、招待講演なのだから、当然、懇親会から参加するのがふつうだろう。現に海外からの招待者は、カン以外全員、顔を揃えている。

「調べてきます」

池野が素早くその場から消える。

副会長の挨拶が終わる前にもどってきて、紀尾中に耳打ちした。

「カン院長の来訪日程は、未定だそうです」

「キャンセルの可能性もあるのか」

「それはないと思いますが」

今の段階で講演取りやめの情報はないということだろう。

乾杯の発声に全員が唱和して、そこここでグラスが掲げられると、立食形式で懇談がはじまった。鮫島はさっそく八神のまわりに取り巻きの医師を集め、集団で盛り上がっている。周囲には彼の部下であるＭＲの佐々木《ささき》や世良《せら》の顔も見える。紀尾中は素早く学会長の乾に挨拶をしにいったが、ガイドラインについてはひとことも触れずにおいた。アピールしたいのは山々だが、このような場での働きかけは、むしろ逆効果になるからだ。

懇親会および二次会の終了後、紀尾中は部下を集めて報告を聞いたが、八神の講演も守谷のメタ分析の論文も、特段の進展はないとのことだった。

　翌日、代謝内科学会総会は、メイン会場での開会式のあと、乾による学会長講演で幕を開けた。全国的な学会だけあって、会場はリーガロイヤルホテル大阪だけでなく、となりのグランキューブ大阪を第二会場とし、三日間で一般演題の口演が七十五題、教育講演が二十三題、特別講演が六題、ランチョンセミナーが三十九、シンポジウムが十一、ワークショップが五、ポスターセッションが八十八、市民公開講座が二という豪華なプログラムだった。

　控室の「楓の間」には、各企業のスタッフが詰め、紀尾中たちも壁際に置かれた長テーブルのひとつを占領して待機していた。殿村はパソコンの前に座り、じっとペクからのメールを待っている。連絡はギリギリになりそうとのことだったが、彼はモニターに開いたメールソフトから目を離さずにいた。

　午後に大阪支店長の田野がやってきて、紀尾中に現状の報告を求めた。

「他社の人間もいますから、出ましょう」

　会話が周囲に筒抜けであることを仄《ほの》めかして、紀尾中は田野を人のいない屋内駐車場に誘導した。須山が不参加であることを告げると、総会中に説得工作を目論《もくろ》んでいたらしい田野は、「いったいどうするつもりだ」といきなり取り乱した。怒鳴ったところで来ていないものは仕方がない。紀尾中はカン院長も未着であることを告げ、理由がわからないと説明したが、殿村が待っているペクからの連絡については話さなかった。話せば田野が迂闊《うかつ》な動きをして、せっかくの情報が台無しになりかねないからだ。

「控室にはタウロス・ジャパンのＭＲもいます。何をするにも、動きを悟られないようにしなければなりません。支店長はうちが担当しているセミナーやシンポジウムの監督をお願いします」

体よく八神対策から離れるように仕向けると、不首尾に終わったときに失点がつくのを恐れているらしい田野は、これ幸いと紀尾中の提案を受け入れた。

総会の二日目も特に動きはなく、プログラムは予定通りに進んだ。殿村は相変わらずパソコンの前に控えていたが、ペクからのメールは届かなかった。

夕方、ソウルからヒュンスン・メディカルセンターのカン院長が到着したという連絡が入った。これで最終日の特別講演がキャンセルになる見込みは消えた。紀尾中はもしかしてと期待していたが、そう都合よく事態は進まなかった。

そして、いよいよ総会最終日。

紀尾中が朝一番にホテルに着くと、駐車場で殿村といっしょになった。殿村は昨日まで電車で来ていたのに、今朝は車で来て、後部座席から大きな荷物を取り出した。

「何だ、それは」

「琵琶と紋付き袴です」
黒いケースに入った琵琶を背負い、衣装が入っているらしいキャリーバッグを引っ張り出
した。
「来週、発表会があって、今夜はリハーサルなんです。総会が終わってから家に取りに帰る
と間に合わないので、持ってきたんです」
殿村はかさばる荷物を両手に持ち、いつもと変わらない顔で紀尾中とともにウエストウイ
ングの二階に向かった。リハーサルが夜なら、荷物は車に残せばいいのに、殿村は盗難を気
にして、目の届くところに置いておきたいのだという。控室に入ると、コピー用紙に『私
物』と書いて荷物に貼り付けた。そして、長テーブルの所定の位置に陣取ると、パソコンを
起動させた。
「ペクさんからのメールはまだか」
「まだです。スマホのGメールでもチェックしていますから、夜中でも着信があればわかり
ます。ペクさんは八神先生の講演がはじまるまでには、結果は出せると言ってましたので、
もう少し待ちましょう」
殿村は焦るようすもなく、モニターを凝視している。時間を確認すると午前八時二十五分。
八神の講演は午後一時半からの予定だ。紀尾中は万一、ペクからの連絡が間に合わないとき

のことを考え、続いてやってきた池野に、堂之上をさがすように命じた。

午前九時からプログラムがスタートすると、ほどなく池野が堂之上を見つけたと連絡してきた。プログラムの合間に、ロビーで落ち合い、事情を説明して、八神の講演を聴くよう頼んだ。ペクからの連絡が講演の開始後になったとき、最後の質疑応答で八神を糾弾してもらうためだ。

「今の私は八神先生に楯突いても失うものはありませんから、喜んで協力させていただきます。しかし、その韓国からの連絡は、信用がおけるんでしょうね。いくら不正を糺すためでも、まちがったデータで追及するわけにはいきませんし、そんなことになったら、逆に開き直られてしまいますから」

「ご心配なく。信頼のおける専門家が慎重に検討してくれているはずです。だから、時間がかかっているのです」

紀尾中も確証があるわけではなかったが、ここは殿村を信頼するしかない。

午前十一時十五分。前もって事情を話しておいた岡部が、自らが座長を務めるセミナーを早めに終わらせて、「楓の間」にやってきた。

「韓国からの連絡は、間に合いそうか」

「わかりません。ギリギリになるとは聞いてましたが、もしかしたら、思うような結果が出なかったのかも」

殿村がペクに依頼したのは生データによる再解析で、その結果が八神が日本で行った統計処理と食いちがうという保証があるわけではなかった。再解析の結果が、八神の論文の判定と一致したなら、何の問題もないことになる。だが、そんなはずはない。紀尾中はそう念じたが、それはもしかして、自分の勝手な希望的観測なのかという不安が、刹那、脳裏をかすめた。


ランチョンセミナーは午後零時から十五の会場に分かれて開かれる。予定は一時間。午後のプログラムが開始されるまでの三十分は、休憩に充てられる。

八神は特別講演に備えて、昼食を講演者控室で摂っているという連絡が、市橋から届いた。時刻は午後零時四十五分。同席しているのは、八神の取り巻きらしい医師が数名だけとのことだった。

そのとき、頻繁に送受信をクリックしていた殿村が、声をあげた。

「所長。来ました」

「結果はどうだ」

開かれたメールを食い入るように見る。文面は英語だが、解析結果は論文と同じ形式で表示されている。

「よし。行こう。殿村君はそのパソコンを持ってきてくれ」

紀尾中が言い、殿村、池野、肥後の三人があとに従った。「楓の間」から、講演者控室に充てられた「葵《あおい》の間」に向かう。分厚い絨毯《じゅうたん》を踏みしめながら、控室に近づくと、開け放した扉から取り巻きの高い声が聞こえた。

「八神先生のご講演は大盛況でしょうな」

「何と言ってもT－SECTは、日韓合同の大規模無作為比較試験ですからね」

「これでグリンガの勝ちは決定的になりますな。タウロス・ジャパンも喜んでるでしょう」

盛大な笑い声が響く。扉の前で歩みを止めていた紀尾中が、意を決したように開いたままの扉をノックした。

「ご歓談中、失礼いたします」

一瞬、控室に静寂が訪れ、取り巻き連中が何事かと振り返る。

「天保薬品の紀尾中でございます。ご講演前のお忙しいときに、誠に恐縮ではございますが、八神先生に折り入ってお話ししたいことがございまして、不躾《ぶしつけ》ながらお時間を頂戴しに参りました」

毅然とした口調に気配を察したのか、八神が「おい」と、顎で取り巻きに退出するよう求めた。医師たちは胡散臭そうに紀尾中らをねめつけながら出て行った。

八神は部屋の中央に置かれたテーブルの奥に座り、悠然と紀尾中たちを迎え入れた。シルバーグレーのスーツにオレンジ色のネクタイを締め、胸には講演者用の赤いリボンローズをつけている。腫れぼったいまぶたの下の細い目に陰険な光を漲《みなぎ》らせて、八神が不快きわまりないという声を発した。

「また君らか。今度はどんないちゃもんをつけに来たんだ」

紀尾中は怯《ひる》むことなく、相手に強い視線を当てて言った。

「時間がございませんので、単刀直入に申し上げます。ここにおります殿村が、ヒュンスン・メディカルセンターの治験コーディネーターの責任者から、T－SECTの生データに関する情報を入手いたしました。T－SECTはデータの収集は韓国で行い、その統計処理は日本で行われたとうかがっております。先生の論文に対する我々の疑問を、韓国の治験コーディネーターに伝えたところ、先方で再解析をしてくれました。その結果が、先ほどメールで届きました。再解析の結果、論文にあるような有意差は認められず、トルマチミブ、すなわちグリンガによる脳血管障害の発作の抑制効果は認められないという結論です」

八神の論文では、グリンガを服用したグループが、対照群より脳血管障害の発作が有意に少なかったという結論だった。しかし、ペク・ヨンジャから届いた再解析の結果では、二つのグループに有意差がなかったというのである。ペクからのメールに時間がかかったのは、専門家二人によるダブルチェックを行っていたからだ。

八神は仏頂面のまま、言いたいだけ言ってみろというような太々《ふてぶて》しさで、紀尾中を見つめた。紀尾中が同じ強さで見つめ返すと、八神は口元を歪め、「フン」と鼻を鳴らした。

紀尾中は先手を打つように言った。

「証拠がないとおっしゃるのですか。では、これをご覧ください」

殿村に指示して、ペク・ヨンジャから送られてきたメールの添付データを開かせる。形式は論文と同じになっているから、八神には一目瞭然のはずだ。

紀尾中が次の一手を繰り出すように言葉を重ねた。

「論文の結果と再解析の結果が異なる理由は、ふたつ考えられます。ひとつは単純な計算ミス。今ひとつは意図的な改ざんです。いずれにしても、論文の結論はひっくり返ります。申し上げておきますが、韓国から届いた再解析の結果は、統計処理の専門家が二人、ダブルチェックをして同じ結果に達しておりますから、正確であることはまちがいありません」

これでチェックメイト、詰みだろう。紀尾中の後ろに控える三人の部下も、同じ思いにちがいない。

ところが、八神は往生際悪くパソコンのモニターに顔を近づけ、老眼鏡を上げたり下げたりして、画面に視線を走らせたあと、「フハハハ」と乾いた笑いを洩らした。

「君たち、論文のデータと二人の専門家が再解析したというデータを、よくよく突き合わせてみたのかね。解析対象のnがちがっとるじゃないか、nが」

「n」とはデータの総数。すなわち、統計処理に使われた患者の数を表す。紀尾中はパソコンのモニターを自分のほうに向け、八神の論文のコピーを取り出して、八神の指摘する部分を確認した。T－SECTの治験に参加したのは、合計五百八十六人。グリンガの服用群と対照群は、いずれも二百九十三人。韓国から送られてきた解析結果は、この数字から十五人の治験離脱者を除いたデータを使用している。ところが、八神の論文には、こう書かれていた。

『対象となる高コレステロール血症患者数：五八六例。有効性解析対象：五三八例。グリンガ服用群：二五三例。対照群：二八五例』

すなわち、治験に参加した患者のうち、四十八人が何らかの理由で解析の除外例になったということだ。除外の理由は、服薬の不備または中止、他疾患による重症化、死亡、追跡不能などである。

「四十八例も解析の除外対象とされるなんておかしいでしょう。しかも、そのうち四十人がグリンガ服用群から除外されているのは、明らかに不自然です」

「それがねぇ、不思議なことに、この治験ではいろいろあってね。特にグリンガの服用群に、通常の治験離脱以外に、異常体質や原因不明の突発事象、投薬ミスやデータの採取ミスが重なったんだよ」

八神の余裕あふれる返答に、その真意が透けていた。

「八神先生。あなたは故意に、グリンガ服用群で脳血管障害の発作を起こした患者を、解析の除外例にしたのですね」

都合の悪い症例を除外すれば、思い通りに有意差を作り出せる。除外例は数字で示すのみで、個別の除外理由は明示されない。つまり、どの患者を除外するかは、研究者の判断にかかっているということだ。

紀尾中の指摘に、八神は臆面もなく笑顔で答えた。

「人聞きの悪いことを言わんでくれよ。私がそんな操作をするはずがないだろう。それとも何か。私が脳血管障害の発作を起こした患者を意図的に除外したという証拠でもあるのかね」

日本側で行われた解析の資料を見れば、どの患者を除外したかはわかる。しかし、それは八神の手中にあるのだから、おいそれとは引き出せない。韓国側とは除外の判断基準がちがうと言われれば、さらに追及は困難になる。

　紀尾中は我慢しきれずに、八神に荒い言葉を投げつけた。

「八神先生。あなたはそれで良心が痛まないのですか。医学の研究者として恥ずかしいとは思わないのですか」

「何だと。権威あるこのオレを侮辱するのか。聞き捨てならん。製薬会社のＭＲの分際で、何を思い上がっているんだ」

「思い上がっているのはそちらでしょう。あなたは研究者の風上にもおけない人間だ」

　紀尾中が言い返すと、池野が「やめてください、所長。言い過ぎです」と止めた。

「よし。そこまで言うなら出るところへ出ようじゃないか。今の暴言を訴えてやる。日本の刑法には侮辱罪もあるからな」

　八神が怒りに声を震わせると、肥後が両手を出して「まあまあ」と相手をなだめた。

「八神先生もそう興奮なさらんと。私らは喧嘩《けんか》をしに来たわけやないんです。所長もちょっと冷静になったほうが」

　年長の部下に言われて、紀尾中も気を鎮めようとしたが、八神の欺瞞《ぎまん》が許せない思いのほうが強く、さらに八神に迫った。

「偽りの論文で偽りの効果を喧伝し、そのことで処方が歪められることが、どれだけ医療現場に害を及ぼすか、医師ならわかるでしょう。病気の不安を抱える患者さんのことを、どう考えているのですか」

「患者のこと？　製薬会社のＭＲ風情《ふぜい》が利いた風な口を叩くな。おまえらだって、考えているのは薬の売り上げだけだろう」

「そんなことはありません。我々は常に患者さんの治療を第一に考えています」

「きれい事を言うな。虫唾《むしず》が走るわ」

「では、どうしても論文を訂正されないおつもりですか」

「当然だ。根拠がない」

「韓国側の解析と齟齬があるじゃないですか」

「それは見解の相違だ」

八神はあくまでシラを切るつもりだと見た紀尾中は、いったん口をつぐみ、最後の勝負に出るように言い放った。

「あなたがタウロス・ジャパンと不適切な関係にあることは、証拠が挙がっているんですよ」

「また言いがかりをつける気か。バカバカしい。そんなこけ脅しでオレが動揺するとでも思っているのか」

八神が態度を変えようとしないのを見ると、紀尾中は池野に向き直り、小声で「市橋を呼んできてくれ」と指示した。池野がうなずいて部屋を出て行こうとしたとき、当の市橋が牧と山田麻弥とともに血相を変えて飛び込んできた。

「タウロス・ジャパンの連中がこっちに来ます。さっき出て行った先生方が――」

市橋の報告が終わらないうちに、オールバックにダークスーツでヤクザそこのけの鮫島が、部下の佐々木と世良を従えて、控室に乗り込んできた。

「これはこれは、八神先生の大切な特別講演の直前に、いったいどういう妨害工作ですかな、紀尾中所長？」

八神は鮫島の顔を見るや、急にくだけた調子になって、留学時代のアメリカ仕込みか、大袈裟に両手を広げてみせた。

「鮫島君。オレはもうほとほと困り果てとるんだよ。天保薬品のＭＲが、自分たちの薬が売れなくなるものだから、オレの論文に何だかんだといちゃもんをつけて、純粋な医学的知見の発表を妨害しようと企んでるんだ」

「いけませんなぁ。正当な論文に言いがかりをつけるのは、いかに自社の薬を売るためとは言え、医療に関わるものとしては、許し難いことです」

「何が正当な論文だ。鮫島、おまえは研究者の先生方をカネで買収して、無理やり自社に有利な論文を書かせて、製薬会社の一員として良心が痛まないのか」

「清廉《せいれん》潔白な紀尾中所長にそう言われると、生来、鉄面皮の私としても恥じ入りざるを得ませんな。しかし、いったい八神先生の論文のどこに問題があるというんだ？」

「自分に都合のいい基準を作って、不都合なデータを除外して、恣意《しい》的に操作してるじゃないか」

「それはお互いさまだろう。バスター5の治験だって、適当に操作してるだろ。おまえはバスター5を夢の特効薬のように思っているようだが、身びいきがすぎるんじゃないか」

鮫島が鼻で嗤うように言うと、八神が大きくうなずいた。紀尾中が決然と八神に言った。

「バスター5は、厳正な治験の結果、効果が証明されています」

「フン。何が厳正な治験だ。それこそ自分たちに都合よく治験をデザインして、好ましいデータが出るように操作したんじゃないのか。その疑いも濃厚だと聞いているぞ。なあ、鮫島君」

「おっしゃる通りでございます。紀尾中、協堂医科大学の須山教授が、おまえらが南大阪でやった治験の追試をやっているのはそのせいだ。間もなく興味深い結果が出るそうじゃないか」

紀尾中は思わず答えに詰まった。南大阪地区の六施設で行ったバスター5の治験に、恣意的な操作はあり得ない。ところが、今、須山の追試で、結果に齟齬が出る可能性が高いと言われている。もし、そうなれば、先の治験の結果が疑われても仕方がない。だが、須山の追試には、タウロス・ジャパンが助成金を出しているではないか。それなら追試のほうが疑わしい。しかし、確たる証拠もないこの状況では、反論しても説得力はないだろう。

鮫島が三白眼のニヤニヤ笑いを浮かべ、その後ろでキツネ目の佐々木が冷ややかに口元を歪め、貧相な顔の世良は勝ち誇ったように顎を突き出している。紀尾中の背後では、三人のチーフMRに加えて、市橋と牧と山田麻弥も悔しそうに唇を嚙んでいる気配が伝わる。

両者のにらみ合いを高みの見物のように眺めていた八神が、余裕を取りもどして壁の時計を見上げた。

「おっと、もう一時を過ぎとるじゃないか。講演の準備にかからんといかんから、関係のない者は出て行ってくれ。鮫島君。僕の講演会場はメインのロイヤルホールだったね」

「さようでございます。すでに大勢の先生方が、八神先生のご講演を楽しみに詰めかけているかと存じます」

「うむ」

八神が満足そうにうなずいたとき、「葵の間」の戸口から人が入ってくる気配がした。紀尾中が振り返ると、意外な二人が立っていた。

28　ガイドラインの行方

「カン先生。それに、乾先生まで」

　驚きの声をあげたのは八神だった。彼にも想定外の来訪だったのだろう。しかし、すぐに笑顔を取り繕って、肥満した身体を持て余すように立ち上がった。

「いやいや、カン先生は昨夜こちらに着かれたとか。ご挨拶もせず失礼いたしました。今日のご講演、楽しみにしておりますよ。乾先生には、次の私の特別講演で、座長をどうぞよろしくお願いします」

　愛想のいい言葉をかけ、良好な関係をアピールしようとしたようだが、カンも乾も同じように は応じなかった。紀尾中が微妙な雰囲気を察する間もなく、カンが元在日らしい流暢な日本語で静かに告げた。

「八神先生。実は先ほど、うちの病院の治験管理推進室長から連絡がありましてね。T－SECTの主任治験コーディネーターをしていたペクという女性です」

「ペク？　その女性が何か」

「彼女はＴ－ＳＥＣＴの論文の結果に疑問があるという情報を得て、生データを改めて二人の専門家に解析してもらったというのです。すると、論文にあるのとは異なる結果が出たということです」

八神は眉をひそめ、瞬きを繰り返した。そしてこれは冗談か何かかと問うように、苦笑とおもねりのまざった顔をカンに向けた。

「しかし、それはカン先生もご承知の通り、除外症例の食いちがいによるもので、我々の解析結果は、あくまで厳正に統計処理をしたものに――」

カンは表情を変えずに、八神の弁解を遮《さえぎ》った。

「あの統計処理はとても厳正とは言えません。トルマチミブ服用群から、故意に脳血管障害の発作を起こした患者を除外しているのだから」

やはりそうか。治験の韓国側の責任者が指摘しているのだからまちがいはない。紀尾中は思いがけない援軍の登場に、事態の急変を予感して拳を握った。

八神は鮫島と顔を見合わせ、いったいどうなっているのかという目線を交わしたあと、愛想笑いを消してカンに向き合った。

「今さら何を言いだすんです。統計処理については、あなたも承知していたはずだ。論文も事前にチェックしてもらっているし、掲載誌の『リピッド・ジャーナル』もお送りしている。それをなぜ今ごろになって、そんな言いがかりをつけるんです」

「たしかに論文は拝見していました。当然のことながら、生データも見ていますから、有意差が出たという結論には、実は疑念を抱いていたのです。生データの印象では、有意な差は出ないだろうと思っていましたからね。しかし、権威ある八神先生の論文だから、まちがいはないだろうと、再解析をするというような失礼なことは控えたのです。だが、外部から指摘があれば、再解析せざるを得ない。その結果、最初の印象の通り、有意差は出なかった。八神先生を信じた私の不明です」

「茶番だ！」

突然キレたように、八神が叫んだ。

「カン先生。あんたははじめから何もかも織り込み済みだったはずじゃないか。タウロス・ジャパンから多額の寄附をもらいながら、よくもそんなことが言えるものだな。裏切り行為も甚だしい。なあ、鮫島君」

八神に同意を求められた鮫島は、三白眼を細めて、カンの真意を探るように返答を避けた。代わりにカンが芝居がかったようすで答えた。

「タウロス・ジャパンからの寄附？　いったい何のことです」

「とぼけるな。T－SECTの治験がらみで、うちと同額の二億三千万円の資金提供を受けることは、あんたも承知していたはずだ」

鮫島が八神を制しようとしたが、時すでに遅しだった。八神はタウロス・ジャパンの寄附をあらかじめ知っていたことを、自ら告白したも同然だった。八神は自分の失言にも気づかないほど興奮していたが、カンはきわめて冷静だった。

「そのお話は、今はじめて聞くことです。我々がT－SECTの治験で受け取っていた助成金は、病院の母体でもある現星グループからのもので、タウロス・ジャパンとは何の関係もありません。よしんばあるとしても、私自身はまったく与り知らぬことです。それとも何ですか。私がはじめから承知していたという証拠でもあるのですか」

これまで同じ開き直りで紀尾中らを翻弄していた八神は、逆の立場に立たされて、怒りと悔しさで言うべき言葉も見つけられないように唇を震わせた。

紀尾中は鮫島がこの事態にどう動くのか、気配をうかがった。八神も同じ思いだったのか、ふいに鮫島に向かって声を荒らげた。

「鮫島君。なんとか言ってやらないのか。カンにこんなでたらめを言わせておいて、放っておくのか」

カンは動じるようすもなく、むしろ不敵な笑みさえ浮かべて鮫島に向き合った。証拠がない、その一点張りで追及をかわすつもりなのか。紀尾中は不安に思ったが、奇妙なことに鮫島は何も言わずに、白けた顔で目線を逸らしてしまった。

「鮫島！」

焦れた八神の怒声が響いたが、それは何の効果も発揮せず、空しく消えた。

鮫島が動かないと見るや、カンは八神を諭すように言った。

「私は再解析を元にT－SECTの結果を改めて考察するつもりです。八神先生の論文と大きな齟齬が生じたら、先生はデータの歪曲《わいきょく》、論文のねつ造を疑われかねません。ここはいったん、論文を取り下げたらどうですか」

「冗談じゃない」

言い返したものの、声に力はなく、単なる強がりにすぎないことはだれの目にも明らかだった。カンが静かに続ける。

「利益相反がメディアに洩れたら、それこそディテーラの論文ねつ造事件の再来と報じられますよ。あの論文ねつ造事件を、先頭に立って批判した八神先生であれば、よけいにマスコミは騒ぎ立てるのではないですか」

そこまで言われても、まだ八神は不正を認めようとはしなかった。ただし、抗弁もできない状況で、音がしそうなほど歯を食いしばっている。紀尾中は切腹に怖《お》じる侍を介錯《かいしゃく》するような気持で、市橋に「例のものを」と命じた。

市橋がショルダーバッグからｉＰａｄを取り出し、ＵＳＢを差し込む。

「八神先生。申し訳ありませんが、我々は先生とタウロス・ジャパンの不適切な関係を証明するために、ある期間、先生の行動確認をさせていただきました。そこで得たのがこの動画です」

市橋がタブレットに再生したのは、派手な照明が並ぶ夜の繁華街だった。一見して風俗系とわかる店舗に二人の男が近づく。一人は若者で貧相な顔をしている。もう一人はでっぷり太った初老の男性で、縁なし眼鏡をかけている。若者が初老の男性を促して店内に入る。いったん動画が切れ、次の動画に二人が笑いながら出てくるところが写っている。

「画像が粗いので、動画ではわかりにくいかもしれませんが、静止画面にして拡大すれば、写っている人物は特定できます。場所は神戸の福原《ふくはら》。ご承知の通り、ソープランドの密集地区です。二人が入った店は高級ソープランドの某店。日付はわかっていますから、タウロス・ジャパンさんのコンプライアンス統括部門に依頼して、経理に確認してもらえば、実在しないレストランでの会食か何かの名目で、金額が二人分の合計十二万六千円の領収証が見つかるでしょう」

紀尾中の指摘に、鮫島が世良を振り返って低く怒鳴った。

「おまえ、まさか領収証を経理にまわしたんじゃないだろうな」

「だって、佐々木さんがそうしろって」

「佐々木。そんなことを言ったのか」

「言うはずがないでしょう。そんなコンプライアンス違反を容認するようなことを」

「嘘だ。佐々木さん、経費は会社持ちだからと言ったじゃないですか」

世良があたりも構わず悲痛な声をあげたが、佐々木は平然とそれを無視して、顔色ひとつ変えなかった。

「鮫島さん。信じてください。僕は佐々木さんに言われた通りやったんです。風俗に連れていけというのも佐々木さんが……」

「うるさい。場所をわきまえろ」

鮫島が声を抑えて一喝した。佐々木は世良に見向きもしない。世良が二人に見捨てられたのは明らかだった。紀尾中が市橋をうかがうと、宿敵に一矢を報いたも同然なのに、その横顔は憂鬱そうだった。

紀尾中は改めて八神に向き直った。

「八神先生。この動画は今のところ部外秘にしています。八神先生さえT－SECTの論文を取り下げてくだされば、我々も不本意な行動に出ずにすむのです。どうか、状況をご理解の上、ご決断をお願いします」

八神は首《こうべ》を垂れ、肥満した身体をぐらつかせて椅子に座り込んだ。椅子ごと倒れそうになり、かろうじてテーブルに手をついて支える。

カンが憐《あわ》れむような目線を向けると、それまで沈黙を守っていた乾が、痰の絡んだ咳払いをして、おもむろに口を開いた。

「八神君。ここは潔《いさぎよ》く身を引くのが君のためじゃないか。今なら傷も浅くてすむ。意地を張って、ことが表沙汰になれば、さっきカン先生もおっしゃったように、君はマスコミの餌食にされてしまうぞ」

深く頭を垂れたままの八神は、なおも未練たらしく考えているようだった。テーブルの上に、いつか自分で「老人の手だ」と自嘲した拳が載っている。その手から徐々に力が抜け、皺《しわ》が深くなり、甲がやせて血管が浮き出たように見えた。やがて苦し気な吐息を洩らすと、八神は低いしゃがれ声で言った。

「わかりました……。T－SECTの論文は取り下げます」

その場の空気が一気に緩み、紀尾中は自分たちの勝利を嚙みしめる思いだったが、それは決して晴れ晴れとしたものではなかった。鮫島に目を向けると、顔を蒼白にして口元を歪めたかと思うと、佐々木にだけ「おい、行くぞ」と合図して、部屋を出て行った。そのあとを、世良が足をもつれさせながら追いかける。

乾が壁の時計を見上げてつぶやいた。

「そろそろ特別講演の時間になるが、八神君には登壇してもらえそうにないな。どうしたものか」

カンが気を利かせるように乾に提案した。

「私の講演を繰り上げていただいてもけっこうですよ」

乾はそれを吟味《ぎんみ》するように低く唸ったが、ひとつ首を振って難色を示した。

「それではプログラムの変更に気づかなかった参加者が、カン先生の講演を聴き逃すことになります」

「では、八神先生の講演はキャンセルということで、空き時間にしますか」

「それもホールで待っている参加者に申し訳ない。なんとか代わりに時間を埋める方法はないものか」

特別講演の枠は一時間。紀尾中としては、乾にT－SECTの論文に不備があったことを説明してもらいたいところだが、十分なデータなしに乾が説明に応じるとも思えない。池野たちも考えているようだが、簡単には代替案は浮かびそうにない。

そう思っているとき、殿村が乾に近づき、「あの、私でよければ」と申し出た。

「殿村君。君は何を……」

紀尾中は慌てて止めようとしたが、意外に乾は好意的な表情を殿村に向けた。

「何かアイデアがあるのかね」

「実は来週、琵琶の発表会がありまして、今夜はリハーサルなんです。総会が終わったらそのまま行けるように、琵琶も衣装も用意しているんです」

「そうか。君の琵琶なら、特別講演の代わりとまではいかなくても、総会の余興として演奏を披露してもらうということで、いけるかもしれんな」

呆気にとられる紀尾中を尻目に、殿村は平気な顔で、「了解しました」とうなずく。

「で、出し物は何だ」

「『高麗王若光《じゃっこう》』でいかがです」

「それはいい。カン先生の特別講演の前にはぴったりじゃないか」

乾が言うと、カンは今気がついたように、「ああ、あなたは前にヒュンスン・メディカルセンターに調査に来られた方ですね」と、笑顔を見せた。

「ちょうど時間だ。私は座長として、八神先生の特別講演が中止になった経緯を説明して、代わりに特別のサプライズを用意していると話しておくから、殿村君は用意をしてくれ」

「わかりました」

殿村がうなずくと、乾はカンとともに「葵の間」を出て行った。いっしょに行こうとする殿村を引き留め、「いったいどういうことだ」と紀尾中が聞いた。

「乾先生は琵琶のファンなんですよ。私の発表会にも来ていただきました。先生は琵琶に造詣が深くて、プライベートで琵琶談義をさせていただいたこともあります」

殿村が言うと、横で市橋が「あっ」と声をあげた。

「そう言えばこの前、山田さんと殿村さんの発表会を聴きに行ったとき、乾先生もいらしてました。どこかで見た顔だなと思ってたんですが、山田さんは気づかなかった?」

「知らないわよ。わたし、退屈でほかのことばかり考えてたから」

山田麻弥が藪蛇とばかりに言い返すと、紀尾中がもどかしげに殿村に聞いた。

「君、乾先生とそんなに懇意なんだったら、どうして早く言ってくれなかったんだ。そうとわかっていたら、ほかにもアプローチのしようがあったのに」

「これは仕事とは別の話ですので」

困惑顔で答えるが、殿村の中では仕事とプライベートは絶縁状態なのだろう。ぼんやり突っ立っている殿村に、紀尾中が言った。

「早く準備をしてこい。乾先生に満足してもらえるように、しっかりやるんだぞ」

殿村が出て行くと、紀尾中たちもヤレヤレという表情で「葵の間」をあとにした。奥のテーブルで、生気を抜かれたように椅子に沈み込んだ八神に気を留める者は、だれもいなかった。

タワーウイング三階のロイヤルホールには、すでに大勢の参加者が詰めかけていた。

紀尾中たちが腰を屈めながら後ろの席に着くと、ちょうど座長の乾が予定変更の説明を終えるところだった。論文の不備には詳しく触れなかったものの、急遽、問題が発生したことは伝えられたようだ。

そのあとで、乾はプログラムの変更を詫び、代わりに諸先生方の気分転換を兼ねて、「日本の古典芸能を堪能していただきましょう」と殿村を紹介した。当然ながら、製薬会社のMRであることは伏せ、乾の個人的な知り合いという立場での登場だった。近年、医学関係の学会でも、規模の大きいものでは学術関係のみにこだわらず、人気作家の講演や、文楽鑑賞などをアトラクションに組み入れることも珍しくない。殿村の琵琶もその流れで見れば、必ずしも異例ということにはならないようだった。

紋付き袴姿で舞台に現れた殿村は、静かに中央に進み出て、一礼したのち琵琶を抱きしめるように構えると、おもむろに弦の音を響かせた。

〽今を去るぅ　千三百十余年のむかしぃ　朝鮮半島があぁ　高句麗　新羅《しらぎ》　百済《くだら》は
三つ巴の戦乱　真っ只中にて候があぁ　ここにぃ　玄武《げんぶ》英光《えいこう》はぁ　文武両道に
長《た》けきぃ　人物と知られけるぅ

七世紀後半、高句麗が唐と新羅に滅ぼされたとき、外交使節団として日本に派遣され、そのまま渡来人の長となった高句麗の王族、高麗《こま》（玄武）若光の一代記である。想定外の出し物に戸惑う参加者も少なくなかったようだが、殿村の熱演に次第に観客は引き込まれ、静まり返った会場に、叩きつけるような琵琶の音が響き渡った。

二十分ほどの演奏が終わると、殿村は続いてポピュラーな演目の『平家物語』から、『祇《ぎ》園精舎《おんしょうじゃ》』を語った。

〽祇園精舎の　鐘のぉ声ぇ　諸行無常のぉう　響きありぃ
沙羅《さら》双樹《そうじゅ》の　花の色ぉ　盛者必衰のぉおお　理《ことわり》をあらはすぅう
驕《おご》れる人も　久しからずぅ　ただ　春の夜のぉおおぉ　夢のごとぉおしぃ

聴きながら、紀尾中は殿村なりに八神への思いを込めたのかと感じた。

演奏が終わると、会場から拍手が湧き、座長の乾も満足げに殿村への謝辞を述べた。続いて十五分の休憩をはさんで、ヒュンスン・メディカルセンター院長のカンが特別講演を行った。

演題は「高脂血症治療における合併症抑制の展望」。当然、T－SECTの治験を踏まえ、グリンガを推奨するのが元々の予定だったのだろう。しかし、T－SECTの論文が否定された今、何を話すのかと注目していると、カンが語ったのは、意外にもフェミルマブ、すなわちバスター5の画期的な作用機序だった。

「これまで高脂血症の治療は、LDLコレステロールの値を下げることのみに執心していました。しかし、新しく開発されたフェミルマブは、LDLコレステロールの動脈壁への沈着を抑えることで、動脈硬化を防ぐことを可能にしました。この治療がさらに進めば、我々はもうコレステロールの値を気にする必要がなくなるのです」

紀尾中はホールの最後列の座席から、安堵の胸をなで下ろす思いでカンの講演を聴いていた。横にならんだ部下たちも同じだろう。それにしても、急に講演内容を変えるはめになったのに、ここまで淀みなくバスター5について語れるのはどういうわけか。まるであらかじめ用意していたかのようだと、紀尾中は訝《いぶか》ったが、理由はどうあれ、結果オーライであることにはちがいなかった。

総会はすべてのプログラムを終え、ロイヤルホールでは乾が閉会の挨拶をはじめた。紀尾中らは撤収作業のため、後ろの扉から抜け出して「楓の間」にもどった。殿村はすでに元のスーツに着替え、琵琶を日本手拭いで磨いていた。

「殿村君。ご苦労さん。思いがけないことだったが、会場の反応もよかったし、乾先生もご満足のようすだった」

「また機会がありましたら、いつでも演奏させていただきます」

「ああ、よろしく頼む」

たぶん二度目はないと思うが、笑顔で慰労する。

そのとき、「楓の間」の戸口に十歳くらいの娘を連れた母親らしい女性が現れ、「天保薬品の牧さんはいらっしゃいますか」と、声をかけてきた。牧が顔を上げ、心当たりがなさそうに部屋の外に出た。面識のない相手のようだが、すぐに事情を理解したのか、廊下で談笑しているようすだった。しばらくすると、もどってきて市橋を呼んだ。

「僕ですか」

腑に落ちないようすで市橋が出て行くと、女性は市橋にも話しかけ、娘の肩を抱き寄せて、念を押すように大きくうなずいた。市橋は感激したようすで姿勢を正し、両手を差し出して女性と握手を交わしている。

女性が一礼して去ると、二人は頬を上気させてもどってきた。

「どうした」

紀尾中が聞くと、牧は生き別れの家族にでも出会ったような調子で説明した。

「今の女性と女の子は、家族性高コレステロール血症の患者さんなんです。特に娘さんは重症タイプで、幼児のときから心筋梗塞や脳梗塞の不安に怯えていたそうです。それがうちのバスター5が出て、小児にも使えるので、ずいぶん安心になったとお礼を言いに来てくれたんです。前に市橋君が、MRは患者さんに直接感謝されることもないと落ち込んでいたので、ちょうどいい機会だと思って呼んだんですよ」

市橋も感動に声を詰まらせた。

「今のお母さんは、わざわざ名古屋から来たんですよ。総会に市民公開講座があるので、そのあとで牧さんに直接、お礼が言いたくて会いに来たそうです。お母さんは言ってました。娘さんのことを、毎日、どれだけ心配したことか、採血で痛い思いをさせるのもかわいそうだし、食事制限させるのもつらかったし、激しい運動もさせられなかったけれど、バスター5のおかげで、ふつうの生活がさせられるようになったって、とても喜んでいました。MRは患者さんや家族からお礼を言われることは少ないけど、見えないところで感謝してくれている人もいるんだなって、実感しました」

「よかったな。ＭＲにもやり甲斐があるとわかっただろ」

「はい」

「けど、なんでお礼を言う相手が牧なんや。というか、さっきの母親はなんで牧の名前を知っとんねん」

肥後が腑に落ちないようすで牧に聞いた。牧は照れ臭そうにその場で足踏みをした。

「今までだれにも言ってませんでしたが、実は、私は家族性高コレステロール血症なんです。それで『患者と家族の会』に所属していて、名簿で私のことを知ったようです。薬の販売元に勤めていることも、会では隠さず話してましたから」

「なるほど。思わぬところから個人情報が洩れるんやな」

「病気のことを、黙っていてすみませんでした。みなさんにご心配をおかけしたくなかったので」

牧が頭を下げると、山田麻弥が何を今ごろというように言い放った。

「牧さんが家族性高コレステロール血症なのは、みんな知ってましたよ」

「知ってた？」

牧が驚いて顔を上げると、同い年でバツイチの野々村がタメ口で説明した。

「おまえのようすを見てたらわかるよ。飲み会でもコレステロールの多そうなものには箸をつけないし、料理も青魚みたいなのばっかり注文するからな。それに小さいけど、右のまぶたに黄色腫もあるだろ」

「だから、池野チームのメンバーはみんなわかってましたよ、市橋君以外はね」

山田麻弥が横目でチラ見すると、市橋は反論しかけたが、そのまま口をつぐんだ。横でにこやかにうなずいている紀尾中に牧が訊ねた。

「所長もご存じだったんですか。だったらどうして」

「本人が言わないものを、こちらから聞く必要もないだろう。みんな大人だから」

「肥後さんも殿村さんもですか」

「まあな」

「私は韓国出張のとき、牧君が食後にバスター5をのんでいるのを見ましたから」

殿村が言うと、牧はさっきの興奮とは別に顔を赤くした。

紀尾中が駐車場に行くと、柱の陰から鮫島が姿を現した。

「よう。今日は大活躍だったな。さっき、おまえんとこの琵琶野郎が、妙な声で唸りながら帰って行ったぞ」

「殿村か。思わぬところで彼の芸が役に立ったよ。これから発表会のリハーサルらしい」

鮫島は鼻で嗤い、腕組みのままコンクリートの柱にもたれた。

「ヒュンスン・メディカルセンターのカンが、今日、なぜ八神を裏切ったか教えてやろうか」

「裏切った？」

「カンと八神は元々全部承知の上で、T－SECTの治験をやってたんだ。八神が都合の悪い症例を除外して、意図的に有意差をはじき出したことも、当然、カンは知っていた。タウロス・ジャパンが現星グループに資金提供をしたこともだ」

それならなぜ、鮫島は八神の求めに応じてカンに反論しなかったのか。

「おまえが部下を韓国に送ったときは、カンはまだ我々の側にいた。ところが、そのあとで問題が発覚して、うちが現星グループから手を引いたんだ。現星グループ副会長が、大統領に賄賂を贈って、さまざまな便宜を図ってもらっていたことで、特別検察官の捜査がはじまってな。副会長は間もなく逮捕されるだろう。そんなところと関わっていたら、こっちもとばっちりを受けないともかぎらないからな」

紀尾中は知らなかったが、韓国ではよくある話にはちがいない。鮫島は回想するように続けた。

「だから、あのとき俺は何も言わなかった。言っても、どうせカンは証拠があるのかとしらばっくれるだけだろう。こっちの誤算は、うちと現星グループが決裂したタイミングで、ヒュンスン・メディカルセンターの主任治験コーディネーターが、T－SECTの治験結果を疑いだしたことだ。前もって笹川に、天保薬品から来る連中は嫌韓派だと情報を流させたんだが、それが裏目に出たらしい。例の琵琶野郎が韓国シンパだなんて、思いもしなかったからな。疑問を持った主任治験コーディネーターがカンに訴え出て、カンはこれ幸いと不正を糺す側にまわったというわけさ。再解析の結果がギリギリになるようだったから、最後までコウモリ的態度に終始していたがな」

カンが特別講演でバスター5をスムーズに称揚したのは、やはりあらかじめその準備をしていたからだろう。

紀尾中の思いをよそに、鮫島は友人同士の会話のようにしんみりとした声を出した。

「あのあと、八神は気の毒なほど落ち込んでいたぞ。おまえは八神に少しでも感謝する気持はないのか」

紀尾中には鮫島の意図が読み取れなかった。鮫島が教え諭すように言う。

「八神が高脂血症の合同研究班で、ことあるごとに総コレステロールの基準値を下げる運動をしたのは知ってるだろう。元々二五〇以下が正常だった基準値が、徐々に下がって、今では二二〇以下になってる。基準値が一〇下がるごとに、製薬会社の売り上げは一千億円伸びると言われている。バスター5をのむ患者が多いのも、基準値が低いからだろう。その意味で、八神は恩人の一人じゃないのか」

「基準値を下げるのは、製薬会社を儲けさせるためじゃない。あくまで病気の予防と患者の安全を考えてのことだ」

「基準値を下げればたしかに安全性は高まる。しかし、それは高血圧とか肥満とか喫煙とか、ほかのリスクもある患者の話だろう。血圧も体重も適正で、喫煙もせず遺伝的な素因もない患者は、少々コレステロール値が高くても心配する必要はない。それなのに、なぜ全員に厳しい基準を押しつける。そのほうが医者も製薬会社も儲かるからじゃないのか」

紀尾中は答えられない。

「おまえがいつも言っているように、患者ファーストを実践するなら、無用な薬はのまなくていいという説明を、きちんとすべきなんじゃないのか」

「その努力はしている」

「実に地味にな。逆にコレステロールが高いと恐ろしいことになるという宣伝は派手だよな。患者のため、安全のためと装って、おためごかしに薬をのませて儲ける。それが俺たち製薬会社だろう」

鮫島の露悪的な言い分に、紀尾中は不快なため息で応じた。なぜそんなふうに自らの生業を貶めるのか。

「八神とタウロス・ジャパンとの癒着は、医療界のためでもあったんだぞ」

鮫島が謎をかけるような目で、紀尾中を見た。

「おまえみたいな単純なアタマのヤツにはわからんだろう。八神にいい思いをさせるのは、医療界の成功モデルにするためだ。八神自身も言っていた。若いころから研究に没頭してきた自分が、功成り名を遂げてもなお貧乏暮らしでは、優秀な若手が研究の道を目指さなくなる。かつては教授になれば、接待、謝礼、副収入で、富と名誉が保証された。だから、多くの若手が苦しい中でしのぎを削った。今、自分が裕福になり、満ち足りた生活をすることは、優秀な若手を研究の道に誘う最良の方法なんだとな」

「それは八神先生の思い上がりだ。不正な行為で裕福になったら、後進も不正に走るだけだ。正当な評価を求めるなら、あくまで正当な手段に訴えるべきだ」

「フン。相変わらずの理想主義だな。どこまで続くか見ものだぜ」

鮫島は鼻で嘲笑《あざわら》い、ゆっくりと柱から身を起こした。

「今回は潔くグリンガの敗北を認める。だがな、グリンガに投じたカネは、八神や現星グループに提供したものをひっくるめても、高々十億ちょいだ。年間総売上が三千五百億を超えるタウロス・ジャパンにすれば、微々たるもんだ。バスター5がガイドラインに収載されたところで、世間には宣伝できんだろう。うちは間もなくグリンガのOTC薬（市販薬）《グリンガS》を発売する予定だ。そっちでガンガン儲けさせてもらうぜ。じゃあな」

鮫島は捨てゼリフを残し、肩をそびやかして駐車場から去っていった。

露悪的になるしかない哀れなヤツ。それが鮫島に対する紀尾中の印象だった。何にせよ、無事に総会を乗り切れたことは大きい。

しかし、この喜びも長続きしないことを、紀尾中は間もなく知ることになる——。

29　薬害訴訟の決着

日本代謝内科学会総会が終了した翌週の金曜日、大阪支店長の田野から、五十川総務部長が、堺営業所を訪問するという連絡が入った。

未だ成功の余韻に浸っているMRたちは、部長訪問の理由をあれこれ陽気に詮索した。

「八神先生の講演を阻止した功績が認められて、特別賞与でも出るんじゃないか」

池野が期待すると、総会でさほど活躍の場がなかった山田麻弥が、「功績を評価するんなら、個人じゃなくて営業所全体でしてほしいです。みんな頑張ったんだから」と念を押した。

「そらまあそうやけど、五十川はんがそんなことでわざわざ来るやろか。彼はそんな甘い人間とちがうで」

五十川の三期下で、同じ営業所にいたことのある肥後が首をひねると、殿村が、「じゃあ、どんな用事でいらっしゃるんですか」と、紀尾中に聞いた。

「私も訊ねたが、田野支店長は午後に行くと言っただけで、訪問の内容は言わなかった」

「もしかしたら、五十川はんも琵琶の演奏を聴きたいんとちがうか」

肥後がニヤニヤ笑いで言うと、殿村は「わかりました。では、すぐ琵琶を取りに帰ります。紋付き袴もあったほうがいいですね」と、出口に向かいかけた。

「いや、殿村、冗談やがな」

肥後が慌てて止めると、殿村は意味がわからないという顔でみんなの輪にもどった。

池野はどことなく誇らしげに紀尾中に言った。

「今回の活躍で、さすがの五十川部長も、所長の実力を認めざるを得なくなったんじゃないですか。ざまあ見ろってとこですよね」

「どうかな。もし部長が評価してくれるのなら、山田さんが言ったように、営業所の全員の手柄だと私からはっきり言うから」

紀尾中は五十川に嫌われている自覚はあったし、無視されたり、足を引っ張られたりもした。しかし、今回はバスター5のガイドライン収載に向けて、八神の論文という大きな障壁を取り除いたのだから、それは評価されてもいいと期待するところはあった。

「所長。五十川部長がお見えです」

池野が所長室の扉をノックして告げた。

大部屋に出て行くと、田野に先導された五十川が入ってくるところだった。

「部長。わざわざお出でいただきまして、恐れ入ります」

紀尾中が進み出て頭を下げると、五十川は立ち止まり、「紀尾中君。久しぶりだね」といかにも他人行儀に言った。

「どちらへご案内すればいいんだ」

横から田野が不手際を責めるようにしゃしゃり出た。奥のミーティングエリアへ誘導すると、五十川はうなずきもせずに足早に進んだ。田野が腰を屈めてついていく。五十川が正面の席に着くと、MRたちも空いている席に座った。紀尾中は田野の反対側に座る。

「みなさんの仕事ぶりは、こちらの田野支店長から随時、聞いています」

五十川はテーブルの上で手を組み合わせ、儀礼的な笑みを浮かべた。

「今日、こちらにうかがったのは、みなさんにお伝えしたいことがあるからです。朗報です。協堂医科大学の須山教授から、バスター5の追試を中止するという連絡がありました。これで守谷准教授にお願いしていたメタ分析の論文に対する障壁は、取り除かれたことになります」

思いがけない発表に、だれもが戸惑いを隠せずにいる。紀尾中が代表して訊ねた。

「追試では、南大阪地区の治験と食いちがう結果が出そうだと聞いていましたが」

「新宿営業所の有馬君がうまく交渉してくれてね。須山教授のデータを再検討してもらったら、不備があったことが判明した」

「不備とは？」

「不備は不備だ。詳しいことはわからん」

五十川は正面を向いたまま、紀尾中の顔も見ずに答える。代わりに田野が、こちらをのぞき込むように言った。

「有馬君はやり手なんだよ。君は彼と同期だったな。同期の活躍は君も嬉しいだろう」

陰湿な当てこすりに、池野が黙ってはいられないという勢いで質問した。

「須山教授の追試には、タウロス・ジャパンから奨学寄附金が出ていたのですよね。それがなぜ急に途中で中止になったのですか。有馬さんはどういう交渉をしたんです」

五十川は歯切れのいい声で言った。

「君はなかなか目のつけ所がいいな。たしかに研究費はタウロス・ジャパンから出ていた。有馬君がうまくその額を聞き出して、我が社はそれを上まわる奨学寄附金を申し出たんだ。須山教授がデータの再検討をする気になったのもわかるだろう」

田野がまたも割り込んで言う。

「有馬君からの報告を聞いて、即座に寄附金の話をまとめたのが五十川部長だ。部長の英断があってこそ、須山教授の論文を止めることができたのだ」

あからさまなおもねりに、さすがに五十川も興ざめだろうと見ると、笑顔を崩さないまま、一座を眺めている。

さらに田野が嬉しそうに言った。

「これで守谷准教授のメタ分析の論文が出たら、六月のガイドライン改訂で、バスター5が第一選択に収載されることはほぼ確実になる。これもすべて五十川部長のバックアップがあってのことだ」

さすがに営業所の面々が不服の色を浮かべた。

肥後が「ちょっと、よろしいか」と、右手を挙げた。

「須山先生の件はたしかに朗報ですけど、代謝内科学会総会で八神先生の特別講演を阻止したことは、評価してもらえへんのですか。あのまま八神先生が講演してたら、合同研究班のメンバーにもかなり悪い影響を与えたと思うんですけど」

田野が意向をうかがう視線を送ると、五十川は硬直した笑顔で答えた。

「もちろん、評価はしています。しかし、ガイドライン収載にはやはりエビデンスレベルの高いメタ分析の論文が重視されるでしょう。八神教授の論文は、所詮、説得力が一段低い比較試験でしたからね」

　堺営業所のメンバーは、自分たちが必死に阻止した八神の論文を軽く扱われて、ますます不満の空気を強めた。五十川は頓着せず話を進める。

「バスター5がガイドラインに収載されても、処方薬だけで売るのではもったいないので、今、本社ではOTC薬として、《バスター8》を開発しています。OTC薬にすれば、テレビでCMも打てるし、新聞や雑誌にも広告が出せますからね」

「ちょっと待ってください。バスター5は成分的に市販薬の認可は取れないはずです」

　紀尾中が反論した。

「だから有効成分を調整するんだよ。厚労省の認可が取れるようにね」

「含有量を減らすということですか。それでは十分な効果が得られません」

「効果は弱まるが、副作用の危険も下がる。世の中には念のため薬がほしいという人間も大勢いるんだ。彼らは病院で診察を受けるのが面倒だから、薬局で手に入れて安心したい。そのニーズに応えるんだよ」

　そんなこともわからんのかという言い方だった。紀尾中は納得がいかなかった。

「十分な効果が期待できないのに、安心するのは逆に危険です。バスター5にかぎらず、薬は医師の判断に基づいてきちんと服用されるべきです。一般の人が自己判断で念のためにのむのなら、薬はお守りも同然になってしまいます」

「それでいいんだよ。市販薬はお守りだ。しかも、確実に儲かる」

露骨な利益優先に、紀尾中は反論する気をなくした。五十川がさらに続ける。

「タウロス・ジャパンも、ＯＴＣのグリンガＳを出すだろう。うかうかしていると、そっちに客を取られてしまうぞ」

〝客〟という言い方にも不快を感じたが、紀尾中は黙っていた。沈黙を降参と受け取ったのか、五十川は満足げに話を締めくくった。

「私からの報告は以上です。引き続き、みなさんの奮闘に期待します」

素早く立ち上がると、田野を引き連れて出口に向かった。紀尾中があとを追うと、戸口の手前で向き直り、晴れ晴れとした顔で言った。

「例のイーリア訴訟、二審判決が間もなく下される。君にもいろいろ心配をかけたが、これで決着がつくんじゃないか」

笑みを浮かべているが、目尻に憎悪と敵意がにじんでいる。唇をきつく結んで見返すと、横から田野が揉み手をせんばかりに口をはさんだ。

「おっしゃる通りでございます。これで我が社の正当性も公認ということになりましょう」

五十川は背中をそびやかして出て行った。

紀尾中が大部屋にもどると、ＭＲたちが待ち受けていたように怒りをぶちまけた。

「何なんですか、今の」

まず池野が嫌悪を露わにした。続いて肥後も落ちくぼんだ目をしかめる。

「ほんま、ムカつくヤツやな。何が『もちろん、評価はしています』や。学会総会にはひとことも触れんと、自分の手柄ばっかり吹聴しよって」

「五十川部長は琵琶には興味がなかったみたいですね」

殿村のつぶやきを無視して、池野がふたたび声をあげた。

「新宿の有馬所長は、結局、カネで須山教授を手なずけたんでしょ。そんなの功績でも何でもないですよ。うちはいっさい汚い手を使わずに、グリンガの論文不正を見破ったんですから、よほどこちらのほうが快挙のはずです。それを説得力が一段低いだなんて、暴論もいいところだ」

紀尾中は周囲の部下を見まわし、自分を納得させるように言った。

「みんなの気持はわかってる。五十川部長がいくらスタンドプレーに走っても、栗林《くりばやし》常務をはじめ、会社の上層部はちゃんと見てくれているはずだ。くだらないことに煩わされずに、バスター５のガイドライン収載に向けて、最後まで気を抜かずに頑張ろう」

池野がふと思い出したように言った。

「それにしても、五十川部長は帰り際にイーリア訴訟の話をしてましたが、いやに自信たっぷりでしたね。何か情報があるんでしょうか」

紀尾中も同じように感じていた。当てこするように言ったのは、勝訴を仄めかしているのか。しかし、高裁の判決が前もってわかるはずもなく、弁護団とて迂闊なことは言わないはずだ。

いずれにせよ、紀尾中には遠い話だが、五十川との関係を考えれば、高裁の判決はやはり無視できなかった。

*

イーリア訴訟。

薬害訴訟の中でも、この事件は多数の患者が死亡している点で、世間の注目を集めたものだ。八年前の販売から、現在までに国内の死亡者は累計で八百五十人。今もその数は増え続けている。

イーリアは肝臓がんに対する分子標的薬で、元々はドイツの製薬会社「ステファンクリーグ社」が開発したものだった。治験の段階でそれに目をつけたのが、当時、海外事業部の次長を務めていた五十川で、ステファンクリーグ社は日本に現地法人を持たないため、五十川が直接交渉して、天保薬品が国内販売の独占契約を結んだのである。

その後、五十川は積極的にメディアに売り込み、イーリアは大々的に報道された。日く、『副作用の少ない分子標的薬』『手術不能の肝臓がんにも有効』『手軽な錠剤、一日一回の服用で効果』等々。報道はエスカレートし、イーリアは肝臓がんを狙い撃ちする『夢の弾丸』とまでもてはやされた。

天保薬品はさっそく治験をはじめたが、肝臓がんの患者団体が、早期の保険適用を求めて陳情を繰り返したため、厚労省は世界に先駆け、本家のドイツより早くイーリアを承認した。

ところが、いざ治療がはじまると、副作用で劇症肝炎《げきしょうかんえん》を発症する患者が相次いだ。劇症肝炎は、急激に肝不全に陥る疾患で、死亡率は約七割。販売後、最初の半年間で二十五人が発症し、内十八人が死亡した。

中でもメディアの注目を浴びたのは、三十四歳の若さで亡くなった保育士の女性だった。美人で結婚を控えていたため、世間の同情が集まった。遺影を抱いた父親がテレビに登場し、「主治医からは安全な薬だと聞いていたのに」と、号泣すると、病院に対する批判が強まり、天保薬品にも非難が集中した。

メディアはそれまでの賛美から一転、イーリアの危険性をあげつらい、治療による死を、『あってはならないこと』『遺族の無念』『安全への配慮は十分だったのか』などと批判した。

その後も死亡例が続出し、発売の翌年、遺族ら十七人が原告となって、天保薬品と国を相手取り、大阪地裁と東京地裁にそれぞれ訴訟を提起した。

問題になったのは、イーリアの添付文書だった。「重大な副作用」の欄に、『劇症肝炎』の記載はあったが、トップではなく四番目に挙げられていたのだ。

これだけ多くの死亡者が出る副作用であれば、当然、トップに挙げて強調すべきであるというのが原告側の主張だった。それを四番目に持ってきたのは、製薬会社が薬を売らんがために、意図的に副作用を過小評価した結果である。その影響により、医師は高価な薬剤であるイーリアを、営利目的で安易に処方した。国は患者の安全を保障する義務があるのに、不備のある添付文書を承認してそれを怠った。これが訴訟の理由である。

添付文書の作成には、五十川が深く関与していた。直接の担当ではなかったが、販売契約を主導した経緯から、イーリアに関する取り組みにはオブザーバーとして関わっていたのだ。

当初、劇症肝炎は「重大な副作用」の二番目に挙げる予定だった（一番目はもっとも頻度の高い「重度の下痢」）。だが、それではイーリアのイメージダウンにつながると五十川が言い、四番目に格下げすることを主張した。治験の段階では、劇症肝炎の発症は四例にすぎず、全員が治療で助かっていたからだ。順位を下げることで、医師や患者に使いやすい薬という印象を与えることが重要で、いたずらに稀《まれ》な副作用を強調するのは、販促に悪影響を及ぼすと主張したのである。

薬事部の同僚からこれを聞きつけた紀尾中は、とても看過できないと、薬事部長に面会を求め、劇症肝炎は「重大な副作用」のトップに挙げるべきだと、五十川とはまったく逆の意見を突きつけた。当時、紀尾中は阿倍野営業所のチーフMRをしており、営業所長に抜擢される日も近いと噂されていた。

板挟みになった薬事部長は、社長に直訴することを紀尾中に勧めた。社長の万代智介《まんだいともすけ》は、社員の声を直接聞くために、メール目安箱のシステムを導入していた。専用のパソコンから匿名で使えるものだが、紀尾中は敢えて名前を明かして、イーリアの添付文書に関する意見を訴えた。万代は紀尾中を本社に呼び、直に言い分を聞いたあと、薬事部長に伝えると約束してくれた。

薬事部長は五十川に、社長の意見もあるので劇症肝炎は「重大な副作用」のトップにすべきではないかと説得した。部内にも慎重派と積極派がいて、紀尾中の意見に賛成する者もいたが、五十川は彼らを臆病者と呼び、営利という企業の大前提を理解しない甘ちゃんだと批判した。五十川は紀尾中を本社に呼び出して、甲高い声で叱責した。

「部外者の君が添付文書の内容に口出しするなど、越権行為も甚だしい。思い上がるのもいい加減にしたまえ」

紀尾中は臆することなく主張した。

「お言葉ですが、天保薬品は自社が販売する薬に責任を持たなければなりません。安全性を考えれば、発症はわずかでも、致死率の高い劇症肝炎は、『重大な副作用』のトップに挙げるべきです。それによって、医師も投与に慎重になるでしょうし、患者さんも安易に処方を求めなくなるでしょう」

「それが困ると言ってるんだ！」

五十川はふだんの紳士然とした姿勢を崩し、デスクに平手を打ちつけた。

「特効薬を待っている患者の気持が、君にはわからんのか。劇症肝炎を副作用のトップに挙げたら、厚労省も承認に二の足を踏む。承認が遅れたら、イーリアで救える患者の治療も遅れる。わずかな犠牲に注目して、大局を見失うのは浅はかなセンチメンタリズムだ」

「犠牲者を無視しろとおっしゃるのですか」

「ゼロリスク一辺倒では、逆に犠牲が増えると言ってるんだよ」

五十川は感情に任せて声を荒らげた。

「我々は医師や患者に安心を提供する義務がある。脅したり、不安を煽《あお》るのは製薬会社にとって背任行為だ。これ以上、営業を妨害するなら、相応の処分を下すからそのつもりでいたまえ」

五十川が感情的になったのは、自分の〝嘘〟に気づいていたからだろう。いくら患者を救うことを建前にしても、本心では利益を優先しているのは明らかだった。

五十川を見つめながら、紀尾中は胸の内でつぶやいた。

（そんなやり方をしていては、世間の信用を失います。それがどれだけ大きな損失につながるか、あなたはわからないのですか……）

紀尾中は態度を変えなかったが、添付文書では五十川の意見が通り、それが今回の訴訟の原因にもなったのだった。


裁判では、天保薬品の弁護士は次のように主張した。

劇症肝炎が重大な副作用であることは明記されており、四番目だからといって過小評価という指摘は当たらない。添付文書を見るのは医師であって、記載があれば、順番にかかわらず重大な副作用として認識する。また、天保薬品は説明会や研修会を開くなどして、医療者に十分な注意喚起を行っており、さらに死亡者の中には、ウイルス性肝炎からの劇症化も含まれていて、それらをイーリアと結びつけるのは不当である。

国の弁護士は、添付文書の認可について、少なくとも違法性のレベルにおいて責任があったとは言い難いと主張した。

昨年二月の一審判決では、大阪地裁は国の責任を認めず、天保薬品の賠償責任を一部認めた。東京地裁は天保薬品および国の両方の賠償責任を一部認めた。これに対し、メディアや原告の支援団体は『がん患者の命の尊厳が守られた』と、気勢を上げた。

控訴審で天保薬品側は、がん患者を治療する医師ならば、副作用について十分な理解があるのは当然であり、抗がん剤に精通しない医師もいるとした一審は、医師の現状を正しく認識していないと反論した。また、患者が自宅で服用できる薬であっても、医師は承知の上で処方するのだから、添付文書で特別な注意喚起は必要ないとした。

それらの主張がどこまで認められるか。紀尾中自身は、添付文書で劇症肝炎の危険性をもっと強調しておれば、医師は投与に慎重になっただろうし、そのことによって救えた命もあったのではないかと考えていた。しかし、具体的な数を割り出すことはできない。憶測で自社の不利益になることを公言すれば、それこそ背任行為と受け取られかねない。

＊

連休明けの五月七日。

大阪高裁203号法廷の傍聴席で、五十川和彦《かずひこ》は落ち着きなく法壇を見つめていた。間もなく現れる裁判官はどんな判決を下すのか。

紀尾中には自信があるそぶりを見せたが、必ずしも楽観していたわけではない。それでも二審の審理では、裁判官の心証は一審判決破棄に傾いているように感じられた。

もし判決が覆れば、メディアはさぞかし落胆することだろう。企業を悪者にする構図でなければ世間は喜ばない。そんな新聞の大衆迎合姿勢を、五十川は冷笑的に受け入れていた。新聞社も営利企業ならば当然のことだ。

五十川がそのような考えを持つようになったのは、天保薬品に就職してからだった。今でこそ、辣腕《らつわん》部長で通っているが、それまでの人生はむしろ挫折の連続だった。

最初のつまずきは、中学二年生でクラス委員になり損ねたことだ。元々努力家だった五十川は、一年生のときはそうでもなかったが、二年生で成績が伸び、クラス委員の射程内に入った。クラス委員になれば、名札にバッジをつけられる。それは成績、人望ともに備えた優等生の証である。

前期のクラス委員は、学年でトップに近い生徒が選ばれた。クラスにはもう一人、五十川より成績のよい生徒がいたが、彼はクラス委員などに興味を示さず、立候補する気もないと言っていた。となれば、三番手の五十川が選ばれる可能性が高い。選挙の日、五十川は満を持して立候補した。ところが、どういうわけか、二番手の生徒が突然、立候補したのだ。そのため、五十川は土壇場でクラス委員になり損ねた。三年生のクラスでも、五十川より上位の生徒がいて、クラス委員になれなかった。

次の挫折は高校入試で、公立進学校の合格圏内だったのに、入試で失敗して私立高校に行かざるを得なかった。今から四十年ほど前で、当時は公立高校のレベルが高かった。

不合格をバネに、五十川は勉強に励み、大学は国立の外大を目指した。高校二年生で英語に目覚め、将来は海外で仕事をしたいと思ったのだ。しかし、大学入試でも運に見放され、現役で受験に失敗。一年間予備校に通ったが、二年目も失敗し、結局、彼が入ったのは不本意な私立の外大だった。

高校、大学ともに志望校に入れなかった彼は、自分の人生には失敗しかないと思うようになった。それでも英語に対する情熱だけは捨てなかった。英語力を磨いて、外資系の企業に就職しようと考えたのだ。

五十川が大学を卒業したのはすでにバブル期だったが、レベルの高い企業ばかり受けたので、二次、三次と進んでも、最終面接で落とされた。唯一、内定をもらえたのが、ほとんどついでのように受けた天保薬品だった。

自分の人生なんかどうせこんなものだと、ふて腐れて入社すると、ようやく転機に巡り合った。新入社員の歓迎会で、社長の前で自己紹介をしたとき、「趣味は英語です」と言うと、英語マニアだった当時の宮城《みやぎ》社長がこう訊ねたのだ。

――What is your most favorite movie?（君のいちばん好きな映画は何だね）

五十川は少し考えて、「It might be『The Godfather part II』（『ゴッドファーザー・パート II』でしょうか）」と答えた。

――Ah, Robert De Niro in that movie was terrific, wasn't he? He splendidly reminded me of young Vito Corleone who was played by Marlon Brando in Part I.（ああ、あの映画のロバート・デ・ニーロは素晴らしかったね。パートIでマーロン・ブランドが演じたヴィト・コルレオーネの若いころを、見事に彷彿させたよ）

――Yes, I was deeply overwhelmed by the scene in which young Vito assassinated the city gang Fanucci.（ええ、若いヴィトが顔役のファヌッチを暗殺する場面にはほんとうに圧倒されました）

そのあと、いくつか言葉を交わしたが、五十川の発音はネイティブ並みで、新入社員はもちろん、そばにいた取締役たちにもほとんど聞き取れなかった。

このとき、五十川は悟った。英語力を生かすなら、英語力のない連中のいるところにかぎる。外資系や商社には英語に堪能な人間はいくらでもいるが、ここなら俺の英語がトップだ。これまでは努力の仕方が悪かったのだ。必要なのは、賢く努力することだ。

宮城社長に顔と名前を覚えてもらった五十川は、四年間、MRとして勤務したあと、本社の海外事業推進部に異動した。二十七歳の若さで主任となり、海外への製品輸出の価格交渉を担当した。そこで実績を挙げ、三十二歳で事務所長としてチューリッヒに赴任した。

天保薬品はロンドン、ロサンジェルス、チューリッヒに海外事務所を構えているが、五十川は敢えてチューリッヒを赴任先に選んだ。これも宮城に評価された。英語が堪能なことだけに安住せず、ドイツ語も身に付けようという姿勢が買われたのだ。

三年後に帰国すると、西大阪営業所長として現場にもどったあと、本社で営業課長、海外事業部次長を経験し、五十六歳の今、総務部長から執行役員入り目前と見られている。その五十川にとって、イーリア訴訟は自らが関わった重大な裁判で、一審で天保薬品に一部賠償責任を認める判決が下ったときには、社内からも引責を求める声があがった。しかし、天保薬品側から見て、一審判決があまりに不合理であったことから、宮城の二代あとの万代社長の判断で、二審判決を待つことが決まったのだった。

法廷では、原告側の弁護団と天保薬品の弁護士がそれぞれの席についていた。傍聴席には五十川のほか、天保薬品の関係者と新聞記者らしい人間が何人か。あとは原告やその支援者たちと思われた。

午前十時三十分。廷吏が傍聴席に起立を求めると、法服をまとった三人の裁判官が奥の出入り口から入ってきた。

開廷が告げられ、裁判長が自ら持ち込んだファイルを開いた。顔を伏せたまま、特徴のない声で判決文を読み上げる。

「主文。被告天保薬品に対する原告らの請求は、棄却する」

その瞬間、傍聴席から「えーっ」という悲鳴のような声があがった。反対に五十川は、よし、と拳を握りしめた。

「静粛に願います」

裁判長が顔を上げて傍聴席に注意を促す。となりに座った田野が力強く言った。

「やりましたね、部長。おめでとうございます」

お追従とわかっていてもうなずいてしまう。勝訴を信じていたとはいえ、実際に逆転の判決を聞くと、五十川は身内に熱いものが湧き上がるのを感じた。

新聞記者が数人、音を立てないように身を低くして出ていった。原告の関係者も何人か顔を強張らせて出ていく。原告の支援者たちが裁判所の外に集まっていたから、彼らに向けて、『不当判決』と書いた紙を広げるのだろう。

何が不当だ、これこそ正義というものだ。五十川は座席にもたれ、満足げにうなずいた。

法壇では裁判長が判決理由を読み上げていた。一審で問題にされた添付文書の説明は、がん治療に携わる医師に対しては十分理解されるものとされ、医師が厳重に患者を観察していたとしても、一定の割合で劇症肝炎による死亡が発生するのはやむを得ないという判断だった。

判決理由を聞きながら、五十川は原告側の弁護士たちに、冷ややかな視線を向けた。

あんたらは正義の味方ぶって、企業を悪者に仕立て上げようとしているが、製薬会社がどれだけ医療に貢献しているかわかっているのか。支援団体の連中も同じだ。犠牲者の尊い命だの、被害者の悲しみだの、センチメンタリズムに訴えているが、その前にイーリアがどれだけ多くの患者を救ったか考えてみろ。その感謝もせず、わずかな犠牲を大袈裟に取り上げて、あり得ない絶対安全を要求してくる。亡くなった患者は気の毒だが、製薬会社も医者も神サマじゃないんだ。精いっぱい努力して、人知のおよぶかぎりを尽くしても、犠牲はゼロにはできない。この裁判の判決がそれを示している。これこそ公正な裁きだ。

大阪高裁の逆転判決は大きい。おそらく間もなく二審判決の出る東京高裁でも同様の判断が示されるだろう。原告らは最高裁に上告するだろうが、審理が差し戻されることはまずない。これで俺の禊《みそぎ》は終わった。次の目標は、自分が見つけた研究シーズを社の上層部に大々的にアピールして、紀尾中が関わっている研究から「特定支援研究」の座を奪い取ることだ。

判決文の朗読を聞きながら、五十川の思いは早くも新たな事業に向かっていた。

30　犠牲者の思い

イーリア薬害訴訟の高裁判決は、紀尾中にもすぐ伝えられた。

所用で本社に行ってもどってきた池野が、所長室に入ってくるなり、注進とばかりに報告した。

「五十川部長が本社で何て言ってるかご存じですか。これこそ公正な判断、正義の裁きだなんて、これ見よがしにアピールしまくってるらしいですよ」

「それくらいは言うだろうな」

紀尾中がいつもの笑顔に苦いものを浮かべて言う。池野はさらに続けた。

「あんな人が総務部長でいて、我が社は大丈夫なんでしょうか。だけど取り巻きも多いし、将来の社長候補だなんてバカげたことを言うヤツもいるみたいですね。もしそんなことになったら、もう絶望ですよ」

紀尾中がうなずくと、池野は不満を露わにしたまま自分の席にもどっていった。

高裁の逆転判決は、たしかに会社にすれば好ましいが、紀尾中は単純には喜べなかった。今から七年前、偶然に知り合ったある患者のことが忘れられないからだ。

吉野《よしの》咲子《さきこ》。

当時、紀尾中は阿倍野営業所で、天王寺大学病院を担当していた。発売二年目のイーリアは、副作用はあるものの、肝臓がんの治療薬として順調な売れ行きを示していた。

医局の訪問を終えて帰りかけたとき、集中治療室の前の廊下でベンチに座っていた初老の男性が、いきなり声をかけてきた。

「天保薬品の会社の人ですか」

名札に目立つロゴで書かれた社名を読み取ったのだろう。「そうですが」と答えると、男性はよろよろと立ち上がり、息せき切るように話しはじめた。

「娘が今、集中治療室に入ってるんです。肝臓がんで手術は無理やと言われて、イーリアという薬で治療を受けたんです。はじめは調子よかったんですが、急に吐きだして、検査をしたら、劇症肝炎やと言われました。腫瘍内科では治療でけへんと言われて、一昨日、集中治療室に移されたんです。イーリアはお宅の会社が出してる薬でしょう。なんとかする薬はないんですか」

ごま塩頭でやや猫背の男性は、すがるような目線で紀尾中を見上げた。

もう一度ベンチに座ってもらい、詳しく話を聞くと、咲子という名の患者は三十六歳で、はじめて受けた人間ドックで肝臓がんが見つかったらしい。がんは多発性で、手術の適応はなかったので、抗がん剤治療のために、天王寺大学病院に入院したとのことだった。

「イーリアいう薬は、『夢の弾丸』と言われてるらしいですね。実際、よう効いて、小さめのがんは消えたんです。ところが、急に苦しみだして、主治医の先生に大丈夫ですかと聞いたら、治療をしてみんとわからんと言われました。私は不安で、昨日も一昨日も、ロクに寝てませんねん」

映画やドラマでは、家族がMRにつかみかかる場面だろう。だが、この父親は遠慮がちで、むしろ弱々しくさえあった。

紀尾中は、イーリアはドイツの会社が作ったもので、残念ながら劇症肝炎を治療する薬はないと説明した。それ以上のことは、患者の容態がわからないかぎり詳しく話せない。

「少しお待ちいただけますか」

紀尾中は主治医の名前を聞き、今、面会してきたばかりの松井《まつい》という腫瘍内科の助教のところへ取って返した。

松井は消化器がんが専門で、二年前にアメリカ留学から帰国したばかりのエリート医師だった。医局の自分の席で論文を読んでいたが、紀尾中の姿を見ると、忘れ物でもしたのかというふうに顔を上げた。

「松井先生。さっきうかがいそびれたんですが、イーリアを使っていただいている患者さんで、劇症肝炎の発症率は変わってませんでしょうか」

ＭＲが個別の患者に関わることは建前上、禁じられているので、吉野咲子の名前は出せず、敢えて迂遠な聞き方をした。

「特に変わってないけどな。二・一パーセント前後だろう。死亡率も一・四パーセントで変わってない」

つまり、イーリアを使った患者の約五十人に一人が劇症肝炎になり、そのうち七割は命を落とすということだ。

「松井先生の患者さんで、劇症肝炎を発症した方はいらっしゃいますか」

「二人いるよ」

「どちらも治療中ですか」

「いや、一人は亡くなった。もう一人は今、集中治療室《ＩＣＵ》に入ってる」

「その患者さんは、どんなようすですか」

紀尾中は慎重に訊ねた。ところが、松井の返答はごくあっさりしたものだった。

「ＩＣＵは管轄外だから、詳しくはわからんよ」

集中治療室は二十四時間態勢なので、八時間ごとに申し送りがある。それに参加すれば、患者の容態はわかるはずだ。松井は自分の治療の副作用で、患者が重症になっているのに気にならないのか。

言葉を失っていると、松井がどうかしたかというように、怪訝な表情で紀尾中を見た。

「その患者さん、治療がうまくいけばいいですね」

とりあえずその場を取り繕って、父親のもとにもどった。

「腫瘍内科の主治医に会ってきたんですが、詳しい状況はわからないそうです。お父さまは集中治療室の医師から説明を聞いていませんか」

「予断を許さん状況だと言うとりました。人工呼吸器をつけられて、身体中にチューブやら器械やらを取りつけられて、かわいそうで見ておれんです」

劇症肝炎の死亡率が七割ということを、言うべきか言わざるべきか。助かる見込みが一割くらいと覚悟していたなら安心するだろうが、五割以上と期待していたら、絶望に突き落とすことになる。

紀尾中は名刺を取り出して父親に渡した。

「私はMRという仕事をしている紀尾中と申します。イーリアの販売元として、お力になれないことを心より申し訳なく思います。もしも何かお役に立てることがあれば、いつでもご連絡ください。営業所ではなく、スマートフォンの番号にお願いします」

父親は「よろしくお願いします」と、半ば放心状態で頭を下げた。心労と睡眠不足で、紀尾中がどういう立場の人間か明確にはわかっていないようだった。

二日後も別件で天王寺大学病院へ行ったので、集中治療室に行ってみた。ガラス張りの廊下から中をうかがうと、左から三番目が咲子らしかった。見舞い客用の薄緑色のガウンをまとい、紙のマスクとヘアキャップをつけた父親の姿が見えた。ベッド柵に手を載せ、意識のない娘を茫然と見下ろしている。祈ること以外、なすすべもないことに絶望しているようすが伝わってきた。

見つめていると、視線を感じたのか、父親がこちらを見た。紀尾中だとわかると、軽く会釈をしてベッドの横から離れた。少し待つと廊下側の自動扉から父親が出てきた。

「娘さんの容態はいかがですか」

「まだ、意識がもどりません」と、父親は目を伏せた。治療の見込みをどう聞いているかと訊ねると、今のところは五分五分、危険な状況ではないが、楽観もできないとのことだった。

「うちは妻もがんで亡くなって、娘とずっと二人暮らしやったんです。まだ若いのに、なんでこんなことになったのか。咲子は仕事熱心で、証券会社で頑張っとったんです。ＦＰというんですか。一級の技能検定にも合格したというて、喜んでいた直後に病気が見つかって

「……」

FPとはファイナンシャル・プランナーだろう。一級は簡単には取れない資格のはずだ。……そんな頑張り屋だったらきっと回復しますよ、とは言えなかった。わずかでも医療に関わる人間なら、無責任なことは口にできない。

「劇症肝炎は峠を越えれば、徐々に回復していくことが多いです。ここは大学病院ですから、最高の治療が行われているはずです。待つ身はつらいでしょうが、希望を捨てず、娘さんの回復を待ってあげてください」

「ありがとうございます」

空しい励ましの言葉に礼を言われて、逆に紀尾中のほうが申し訳なさを感じた。もとはと言えば、自社の薬が原因なのだ。もちろん、治療の目的で医師が処方したものだが、だからと言って知らん顔はできない。いくら発症率が二・一パーセントでも、劇症肝炎になった患者にすれば、一〇〇パーセントも同然だ。

次にかける言葉をさがしていると、父親が自分を納得させるようにつぶやいた。

「これも運命ですな。主治医の先生かて病気を治そうとして、こんなことになったんですから。私はもう心配することに疲れました」

声をかけられずにいると、改めて父親が顔を上げ、弱々しく微笑んだ。

「もちろん、製薬会社さんも恨んではおりませんよ」

「ほんとうに、申し訳ございません」

紀尾中は深々と頭を下げた。恨まれたほうがまだしも気が楽だったかもしれない。顔を上げ、ふたたびガラス張りの集中治療室をのぞくと、咲子のベッドには相変わらず人工呼吸器や血漿《けつしよう》交換などの器械が取り巻くように置かれていた。チューブやコードやカテーテルが上下から伸び、目元はガーゼで覆われている。

……どうか、頑張ってください。

意識不明の本人には頑張りようもないが、そう念じずにはいられなかった。


咲子のことを気にかけながらも、紀尾中はしばらく天王寺大学病院に行く機会がなかった。父親から連絡があったのは十日ほどしてからだった。不吉な予感を抱きながら電話に出ると、意外な言葉が耳に入った。

「咲子が退院しました」

一瞬、信じられず、すぐ祝福の言葉が出なかった。父親が怯えるような声で説明した。

「おかげさまで、劇症肝炎はようなったんですが、腫瘍内科の病棟にもどったら、咲子がもう治療はいややと言うて、主治医の先生が止めるのも聞かんと退院したんです」

「治療を拒否したんですか。副作用でたいへんな目に遭ったからですか」

「もうこの病院はいやや言うて、いくら諭しても聞かんのです。それで勝手なお願いで申し訳ないんですが、紀尾中さんから、治療を続けるよう言うてやってくれませんか」

「わかりました」

治療でつらい思いをすると、病院から逃げ出したくなる気持はわかる。しかしそれは早計で、イーリアは使えないとしてもほかの治療を試してみるべきだ。

阿倍野区長池《ながいけ》町にある吉野のマンションを訪ねたのは、連絡を受けた三日後の土曜日だった。出迎えた父親はカーディガンを羽織りリラックスした姿だったが、頬の肉が落ち、心労の深さがうかがわれた。

咲子は洋室のベッドで横になっていた。きちんと整理された勉強机と書棚があり、壁にＦＰ一級技能検定の合格証が飾られていた。

「天保薬品の紀尾中と言います。今回は私どもが販売しているイーリアでたいへんなことになってしまい、ほんとうに申し訳ありませんでした」

父親から話は聞いているのだろう。咲子は驚くでもなく、無表情に天井を見つめていた。黄疸は消えたようで、白さが目立つ肌に、サラサラの黒髪が枕に広がっている。すっぴんのせいか、年齢より若く見えるが、一文字に結んだ唇には頑《かたく》なさが浮かんでいた。

「治療をやめて退院したとうかがいましたが、どうしてですか」

「余命はあと三カ月やと言われたんです」

天井を見たまま、投げつけるように言い放った。それで自暴自棄になったのか。そう思ったが、紀尾中が口を開く前に、父親が上体を屈め、弱々しく反論した。

「それはおまえ、治療をせえへんかった場合やろ。治療したらもっと長生きできるかもしれんやないか」

「治療したら、副作用でもっと早く死ぬかもしれんやん」

子どものような言い方だった。やはり、副作用を恐れているのか。

「お気持はわかりますが、主治医の先生ももうイーリアは使わないでしょうし、ほかの薬が効くかもしれません。副作用が少なくて効果のある薬も……」

「わたしは副作用が怖くて治療を拒否したんじゃないんです」

咲子の視線がはじめて紀尾中に向けられた。一重まぶたの目に怒りが満ちている。

「主治医の松井先生が信頼できないんです」

「何かあったんですか」

「劇症肝炎の治療がうまくいって、ＩＣＵから病棟にもどったとき、先生は自分の処方がギリギリのところで私の命を救ったみたいに言うたんです。前にも劇症肝炎になった患者がいたけど、これで一勝一敗やと」

患者の命を何だと思っているのか。紀尾中は松井の顔を思い浮かべ、改めて怒りを感じた。

「松井先生の説明は、いつもテキパキと明快でした。そやけど、まるで保険の契約書の説明みたいで、イーリアは全員に効くわけではないとか、一定の割合で劇症肝炎が起こるとか、実際にそうなんでしょうけど、こっちは命がかかってるんですよ。その不安をどれだけわかってくれているのか。効かへんかったら仕方ない、それでおしまいという感じで、そんな松井先生が口癖のように言うてたのが、『僕は患者第一主義やから』なんですよ」

——患者第一主義。

その言葉が紀尾中の胸に刺さった。咲子が続ける。

「単なるリップサービスですよ。ほんまに患者第一主義なんやったら、わたしの思いを優先してくれるはずでしょう。それやのに、治療を受けたくないと言うたら、余命は三カ月やと脅すように言うたんです。思い通りにならない患者に苛立ってるんです。そんなんで信頼なんかでけへんでしょう」

紀尾中は図らずも自問せざるを得なくなった。自分がいつも口にするそれが、松井の口先だけの患者第一主義とどれほどちがっているのか。

横から父親が遠慮がちに娘に言った。

「そやから言うて、治療を全部やめんでもええやろ。先生が信用できんでも、薬の効果はあるかもしれんやないか」

「いやよ。あんな先生に治療してもらうくらいやったら、何もせんと寿命をまっとうするほうがええの」

紀尾中は懸命に二人の思いを汲《く》もうとした。かたや治療を拒み、かたや治療を受けてほしいと望む。それぞれの思いで対極の二人に、何と答えられるのか。

「むずかしい状況ですが、最近のがん治療には、治らないけれど死なない状態を目指す方法もありますよ」

咲子も父親も、怪訝な表情で紀尾中を見た。

「以前はがんの治療は、治るか死ぬかでしたから、治療をやりすぎて患者さんの寿命を縮めることもありました。今はちがいます。がんはあるけれど、命には関わらない。つまり、がんとの共存と言われる状況を目指す治療があるのです。それなら、咲子さんもお父さまも受け入れてもらえるのではないですか」

「緩和治療ですか。わたしにホスピスに行けと？」

「いいえ。れっきとしたがんの治療です」

「咲子。それならええんやないか。副作用の心配も減るんやから」

咲子はまだ首を縦に振ろうとはしなかった。

「その治療を受けるとしても、大学病院はいや。松井先生以外も、みんな自分のことしか考えていないみたいやったから」

「ほんならどこで診《み》てもらうんや」

「紀尾中さんが薦めてくれはるところやったらいい」

咲子の目から不信や刺々《とげとげ》しさが消えていた。

「わかりました。それでしたら心当たりをさがしてみます」

そのとき思い浮かべたのは、二年前に天王寺大学病院をやめた九木田《くきた》という医師だった。九木田は大学病院の積極的医療一本やりの治療方針に疑問を抱き、医局を飛び出す形で開業した外科医だった。彼なら咲子の気持を汲んで、ほどよい医療を施してくれるだろう。

九木田に連絡すると、治療を引き受けてくれ、その後、六年間、咲子は納得ずくで治療を受けた。病状が悪化しても入院はせず、九木田が訪問診療で治療を続けた。紀尾中も何度か、咲子を自宅マンションに見舞った。亡くなる前は部屋に末期がん患者特有の甘酸っぱいにおいが漂い、咲子はベッドから身体を起こすこともできなかったが、表情は穏やかだった。

いよいよ容態が悪化したとき、見舞いに行った紀尾中に、咲子が言った。

「九木田先生にかかってよかった。紀尾中さんのおかげです」

九木田は医療用麻薬をふんだんに使い、咲子の苦痛を最大限、抑えてくれた。彼女は四十二歳の誕生日を迎えたあと、ほとんど苦痛なしに最期を迎えた。

あとで紀尾中が仏前に参ると、父親が問わず語りに静かに話した。

「余命三カ月と言われていたのに、こんなに長く生かせてもらって、ありがたいと思うてます。あのまま大学病院で治療を受けてたら、ことあるごとに不安になったり、文句を言うたりしてたと思います。九木田先生はいつも娘のことをいちばんに考えてくれはったから、何があっても受け入れる気持の準備ができました」

亡くなっても感謝と納得がある。医療が目指すべきところはそれではないのか。

紀尾中は医師ではないが、咲子との関わりで、患者ファーストの意味を改めて考えさせられた。その気持があれば、イーリア薬害訴訟の高裁の判決を単純には喜べない。ましてや、イーリアで助かった患者に恩着せがましいことなど言えるはずがない。

紀尾中は久しぶりに咲子を思い出し、その思いを強くした。

31　根回し

　大阪の北新地にある「抱月《ほうげつ》」は、紙鍋で有名な老舗《しにせ》である。

　紙鍋は特殊な和紙を金網の型に敷き、鍋に見立てたもので、出汁《だし》が百度以上にならないため、燃えずに炊きあがる。紙面が灰汁《あく》を吸い取り、見た目も清潔で、何より紙を火にかける突飛さが料理に興を添える。

　二階の個室では、朱塗りの座卓で、五十川が「そろそろ来るかな」と、腕時計を確認した。向かいに座った田野が、一階玄関の気配を察知したらしく、「いらっしゃったようです」と、素早く掘りごたつを出て入口の手前に正座した。

「お連れさまがお見えです」

　仲居に案内されて来たのは、天保薬品の女性取締役、栗林哲子《のりこ》常務である。涼し気な麻のスーツ姿で、首筋に六十歳という年齢は表れているが、細身の引き締まった体型で、相手をまっすぐ見る目は、いかにも男社会の製薬業界で発言力を維持してきた強さを感じさせる。

五十川が直属の上司でもない栗林を招いたのは、ある根回しのためだった。

「常務。お待ちしておりました。どうぞこちらへ」

五十川は半ば腰を浮かせ、栗林を上座に促す。

「ありがとう。主役の有馬君はまだなの」

「申し訳ございません。新幹線で急病人が出たとかで、到着が遅れるようです。先ほど新大阪駅からタクシーに乗ったという連絡がありましたので、間もなく来ると思います」

今夜は新宿営業所の有馬恭司が大阪に出張してくる機会をとらえて、五十川が慰労会を催したのだった。名目は協堂医科大学の須山にバスター5の追試を中止させた功績である。

栗林は座布団に腰をおろし、仲居が差し出したおしぼりで指先を拭きながら、五十川に聞いた。

「阪都大の守谷先生に頼んだメタ分析の論文は、もう発表されたの？」

「『リピッド・ジャーナル』の最新号に掲載されております」

「じゃあ、今月末のガイドライン改訂には間に合ったのね」

田野が卑屈な笑顔でしゃしゃり出る。

「さようでございます。須山先生の追試がバスター5にとって思わしくない結果になりそうだと聞いたときは、ほんとうに焦りましたです。ガイドラインへの収載は、何と言ってもメタ分析の論文がものを言いますからね」

揉み手をしながらさらに続ける。

「今夜はその危機を回避した有馬君の慰労会ですので、常務もせいぜいほめてやってくださいませ。彼は五十川部長も買っておられる優秀な中堅ですので」

そこまで言ったとき、下の玄関で来客を迎える声が聞こえ、仲居に案内されて有馬が到着した。

「遅くなりました。申し訳ございません」

こけた頰に鋭い目の有馬は、個室に入ったところで膝を折り、深々と頭を下げた。

「今日は君の慰労会なんだから、遠慮せずにこっちへ座りたまえ」

田野が自分の上座を有馬に勧める。

「じゃあ、はじめましょうか」

五十川が仲居に飲み物を命じ、四人は揃ってビールで乾杯した。

「常務。少し早いですが、今夜は季節柄、ハモのコースにいたしました。湯引き、刺身、てんぷらと続いたあと、名物のハモ鍋となります」

「それは豪勢ね」

栗林がハモ好きであることは、事前に調査済みである。

先付の煮こごりに箸を伸ばしながら、五十川が有馬に訊ねた。

「今回はご苦労だったな。追試を中止させるのはたいへんだっただろう。どうやって説得したんだ」

「追試は元々、タウロス・ジャパンが意図的に仕組んだものですから、須山先生ご自身はさほど興味がなかったのです。にもかかわらず話を受けたのは、要するにカネの問題だと思いまして」

「ずばり、タウロス・ジャパンがいくら出したか聞いたんだな」

田野が口をはさむと、有馬はひとつ首を振り、五十川と栗林に落ち着いた口調で説明した。

「須山先生は常々、カネの話を嫌っていますので、こちらからは口に出せません。しかし、実際は嫌いどころかお金が大好きなのはわかっていましたから、雑談の中でそれとなく聞き出したのです。四千万円チョイでした。すぐに五十川部長に報告して、うちは六千万円出すと持ち掛けたんです」

「それで五十川部長が素早く動かれて、異例の速さで決裁が下りたというわけですな」

有馬に否定された意趣返しのように、田野が五十川と栗林のほうに身を乗り出した。五十川はそれを聞き流して、なおも有馬に訊ねた。

「しかし、金額を吊り上げたからといって、すんなり追試の中止は受けてくれなかったんじゃないか。先にタウロス・ジャパンからのカネも受け取っているんだし」

「須山先生もはじめは渋っていました。しかし、未練たらたらなのはミエミエでしたから、ウチからのオファーは内密にして、データを再検討したら、思わしくない結果になりそうなので、寄附金の一部を返還するとタウロス側に申し入れるようアドバイスしたのです。奨学寄附金は建前上、ヒモ付きではありませんから、思わしくない結果だから返還するといっても、大っぴらには受け取れません。受け取れば自らヒモ付きを認めるようなものですからね」

「そりゃそうだな」

「現に、タウロス・ジャパンは返還を受け入れませんでした。報告書は求めましたが、論文の提出は求めなかったので、ウチからの奨学寄附金が入ったことは、どこにも記載されていません。須山研究室の収支決算書には出るでしょうが、それが追試の中止に関わったかどうかは、藪の中です」

「完璧だな」

五十川は確信犯の笑みを浮かべ、「いかがです。なかなか優秀でしょう」と言いながら、半分以上残っている栗林のグラスにビールを注いだ。

栗林は軽く口をつけただけで、仲居にウーロン茶を頼み、若干の皮肉を込めて言った。

「それで、須山先生はまんまと二重取りに成功したわけね」

有馬は空気を読んで、目を伏せる。逆に田野は沈黙を取り繕うように明るく言った。

「二重取りとは羨ましいですな。私もあやかりたいです。ハハハ」

五十川がバカなことを言うなとばかりににらみつけ、声に真剣みを含ませて弁解した。

「たしかに、アンフェアな状況を持ち掛けたのは好ましくありません。しかし、背に腹は代えられないこともあります。守谷先生のメタ分析の論文が五月中に発表されなければ、バスター5のガイドライン収載は不確かになるところでした。すべてはバスター5をブロックバスターに育て上げるためです」

栗林は取締役の中でも、潔癖なことで知られている。製薬会社は何より社会に貢献すべきだとも常々口にしている。その姿勢が患者ファーストをモットーとする社長の万代に認められ、女性初の常務に抜擢されたのだった。しかし、取締役という立場を考えれば、栗林もきれい事ばかりは言っておれないはずだ。

田野が先ほどの失言の印象を薄めるように、有馬を持ち上げた。

「いやあ、有馬君が須山先生を止めなかったら、守谷先生の論文はとても間に合わないところだったよ。お手柄だったな」

さらに五十川と栗林に笑顔を向ける。

「バスター5の効果がメタ分析で証明されたのですから、ガイドラインでA判定の第一選択になるのはほぼ確実ですな。いや、めでたいことです」

「田野さんはさっきから、メタ分析の論文ばかり賞賛しているけれど、あなたのところの紀尾中所長の貢献も大きいんじゃないの。学術セミナーで、コンプライアンス違反があったのをうまく処理して、代謝内科学会総会でもグリンガに有利な八神先生の講演を、直前にキャンセルさせたそうじゃない」

大阪支店長の田野が、部下である紀尾中を積極的に評価しないことに、栗林は裏があると察しているのだろう。五十川は他意を読まれないよう素早く応じた。

「たしかに紀尾中君も優秀ですからね。さすがは常務の元部下だけのことはあります。バスター5のガイドライン収載のための特命を、彼に与えたのは大正解でした」

「そうね。彼は粘り強いところがあるし、仕事の運び方もフェアで、何より常に患者さんの利益を最優先に考えていますからね」

五十川は笑顔を維持したまま、不穏な思いを脳裏に刻んだ。栗林は紀尾中を相当高く評価している。

運ばれてきたハモのてんぷらに箸を伸ばしながら、栗林はさらに説明した。

「わたしが紀尾中君に特命を与えたのは、彼が合同研究班の班長の乾先生と良好な関係を築いているからです。加えてバスター5は、元々、彼のアイデアからはじまった薬ですからね。それだけに思い入れもあるでしょう」

五十川は上役の言葉尻を捉えて、本題に近づくためのジャブを繰り出した。

「たしかに紀尾中君の思い入れは、有効だったでしょう。しかし、場合によってはその思い入れが足を引っ張ることもあるのではありませんか」

栗林は箸を止めて五十川を見た。もの問い顔の栗林に説明する。

「阪都大学の安富《やすとみ》先生への研究支援ですよ。あれも元はと言えば、紀尾中君が見つけてきた案件でしょう」

阪都大学医学部、生命機能研究センター長の安富匡《ただす》は、免疫療法の分野で大御所と言われる研究者である。紀尾中は吹田営業所にいた十年前、安富の研究を知り、画期的ながん治療につながると見込んで、天保薬品との共同研究を持ちかけた。天保薬品側の窓口は、紀尾中と同じ大学の後輩である創薬開発部の研究員、平良耕太《たいらこうた》である。

「安富先生への研究支援費は、共同研究がはじまった八年前の五十億円から年々増えて、今年度は百二十三億円ですね。突出して多額であるにもかかわらず、いつまでたっても創薬の目途が立たないじゃないですか」

天保薬品は新薬の研究開発費として、毎年六百億円余りを支出している。安富への投資は、共同研究の開始とともにはじまり、安富が自分の研究対象を「安富ワクチン」と名づけてからは、天保薬品の最大の「特定支援研究」として、全体の五分の一を超える額が注ぎ込まれていた。

特定支援研究は、毎年十二月の役員会で審査の上、投資先と額が決まる。栗林は担当常務として、強い発言権を持っていた。

「たしかに時間がかかっているわね。でも安富ワクチンは、今、注目されているがんの免疫療法に加え、放射線治療を併用したものだから、完成すれば画期的なものになる可能性が高いのよ」

「完成すればでしょう。完成の見通しも立たないまま、これ以上、投資を続ける意味があるのでしょうか。ウチの研究員に聞くと、安富ワクチンは実用化までに解決不能な壁にぶち当たっているとのことですが」

「むずかしい状況であるのはわたしも聞いています。だけれど研究に壁はつきものです。それを乗り越えてもらうためにも、我々が支援することが必要でしょう」

栗林が箸を止めたまま反論するのを見て、五十川は逆に無造作にてんぷらを頬張り、含みを持たせた言い方をした。

「常務のおっしゃることはよくわかります。これまでウチがかけてきた投資額はすでに七百億円を超えていますからね。しかし、過去の投資にこだわって、可能性の薄い事業に拘泥するのは、決して得策とは言えないのではありませんか」

「いわゆるサンクコストですね」

有馬が控えめに言うと、五十川が即座に引き継ぐ。

「そう、埋没費用です。常務は『コンコルドの誤謬《ごびゅう》』はご存じですよね」

コンコルドの誤謬とは、イギリスとフランスが、超音速旅客機コンコルドの開発において、製造費や燃費、環境問題から、商業的に失敗することが確実視されていたにもかかわらず、これまでの投資を惜しんで撤退が遅れたせいで、日本円にして数兆円という巨額の損失を出したことを指す。

「安富先生の研究に対する投資を打ち切れと言うの？　五十川部長がそこまで言うからには、それに取って代わる研究の候補があるということね」

「ご明察、恐れ入ります」

目論み通りの展開に、五十川が隠微な笑みを浮かべた。

「天王寺大学の循環器内科に、実に有望な降圧剤を開発している研究者がいるのです。新藤《しんどう》マサルという気鋭の准教授で、去年、自身でベンチャー企業の『ダブルウィンズ』を立ち上げた男です」

「ベンチャー企業？」

「大学発の創薬型ベンチャーです。現在、第三者割当の新株式発行で、資金の調達を目指しています。うちが共同研究で投資をすれば販売権を獲得できます」

「で、有望な降圧剤というのは、どんな」

「ACE阻害薬です」

ACE阻害薬は、血圧を上昇させるアンジオテンシンIIというポリペプチド（アミノ酸化合物）の生成を妨げる薬剤である。ベンチャー企業というだけで胡散臭いものを感じたらしい栗林は、副作用の多いACE阻害薬と聞いて、さらに不審の表情を浮かべた。しかし、五十川には織り込み済みの反応である。

「たしかに、ACE阻害薬には頭痛やめまいなどの神経症状や、血小板減少などの副作用があります。しかし、新藤先生が研究している新型のACE阻害薬は、それを補って余りある効果があるのです」

栗林が興味を示すのを待って、五十川は自信に満ちた目を相手に向けた。

「ずばり、認知症の予防です」

すかさず田野が驚きの声をあげる。

「高血圧の治療薬で、認知症も予防できるんですか。一石二鳥じゃないですか。中高年のニーズにまさしくドンピシャですな」

「ちょっと待ってちょうだい。認知症の予防って、そのメカニズムはどうなっているの」

「新藤先生のお話では、新型のＡＣＥ阻害薬には、脳の神経細胞を保護する効果が期待できるとのことです。ご承知の通り、ＡＣＥ阻害薬は心臓や腎臓に対して、組織保護作用がありますからね。同様に脳の組織を保護すれば、認知症の発症を抑える可能性があるとのことです」

栗林が説明を吟味する面持ちになったとき、仲居がメインのハモ鍋の用意をはじめた。糊《のり》をきかせた和紙の鍋に、出汁を注いで素早く卓上のコンロにかける。箸で和紙を破る危険性もあるので、煮炊きは仲居が担当し、火が通った食材から手際よく小鉢に取り分けてくれる。

「やっぱり大阪の夏はハモですな。紙鍋は最後まで出汁が濁らないそうやね」

ビールから冷酒に変えた田野が、顔を赤らめて仲居に愛想を言う。五十川も冷酒を頼むと、有馬は「私はビールで」と遠慮した。

栗林はなおも思案顔だったが、手元の小鉢に煮えたハモと湯葉を入れてもらい、出汁の香りについ箸をつけた。

「おいしいわね」

「でしょう。ここのハモは、中央卸売市場でもトップクラスのものらしいです。ネットで仕入れた情報ですけど。へへへ」

田野が卑屈に笑い、有馬も、「豊洲市場《とよすしじょう》でもこれほどのハモはなかなか手に入りません」とそつなく応じた。

有馬はさらに、栗林と五十川の小鉢の空き具合に目を配りながら、タイミングを捉えて言った。

「先ほどの話ですが、降圧剤はこれまでも軒並みブロックバスターになっています。それはやはり、患者数が桁違いに多いからでしょうか」

「そうだ。私が大学を卒業した八〇年代半ばでは、降圧剤を服用している患者数は五百万人程度だったが、今や二千五百万人と言われている」

五十川が機嫌良く応じると、田野は口に入れたタケノコをもどかしげに飲み込んで言った。

「某医療機器メーカーの推計では、日本の高血圧の有病者は、約四千三百万人に及ぶそうです。実に日本人の三人に一人が高血圧ということらしいですが、この数字、五十代以上にかぎって見れば、ほぼ全員が高血圧ってことになりませんかね。これもすべて高血圧の判定基準のおかげですな。アハハハ」

田野の明け透けな笑いに、五十川も薄い唇を緩める。

「たしかにな。九〇年代までは収縮期が一六〇以上、拡張期が九〇以上が基準だったが、その後どんどん引き下げられて、今は収縮期が一四〇以上になってるからな」

「それだけじゃありませんよ。今は家で計る血圧を〝家庭血圧〟と称して、収縮期が一三五、拡張期は八五以上が高血圧の診断基準になっています。日本高血圧学会のガイドラインでも、一二〇と八〇未満は〝至適血圧〟なんていう魅力的な名前がつけられていますからね。健康オタクの連中が薬に群がるんです。製薬会社としては笑いが止まりませんな」

田野の軽口に、栗林が不快そうな流し目をくれた。有馬がまじめな口調で五十川に問う。

「新藤先生のご研究は、どの程度まで進んでいるのですか」

「今はまだラットを使って、血漿中のACE活性と組織保護作用を比較している段階だ。降圧効果は十分証明されているから、既存のACE阻害薬と異なる薬効プロファイルを解明すれば、創薬につなげられるだろう」

「たしかに有望ですね」

「でも、基準値を下げて患者を増やすことには、疑問を感じるわね」

栗林がさらにハモを入れようとする仲居の手を制して、小鉢を置いた。

「厳しい基準を適用すべき人はたしかにいます。けれども、喫煙や肥満などのリスクファクターがない人なら、少々血圧が高めでもかまわないでしょう。さらに言うなら、高齢者はある程度の血圧が必要で、血圧を下げすぎると、逆に脳梗塞や心筋梗塞の危険性を高めることにもなるんじゃないの」

栗林の生まじめな口調に、田野が呆けたように目をしばたたき、有馬は気まずそうに顔を伏せる。五十川は冷酒のグラスを置き、正論で来るならこちらも正論でとばかりに姿勢を改めた。

「一般の人が求めるのは安心です。リスクファクターがない人でも、血圧を適正にコントロールすることは安全性につながります。そのために服薬するのは、決して悪いことではありません」

「わたしが問題にしているのは、必要性の程度です。リスクファクターが少なくても、一〇〇パーセント安全ではない。しかし、だからと言って、予防的な服薬がどれくらい必要かは疑問でしょう」

製薬会社の取締役とも思えない発言だ。少しでも薬をのむ人間を増やすことが、会社の使命ではないのか。五十川はそう思うが、潔癖で知られる栗林にそんな功利主義は通じない。それならと、五十川は栗林の意を受け入れるようにひとつ大きくうなずいた。

「おっしゃる通りです。薬をのんでいても、発作を防げるとはかぎりません。しかし、同じ発作を起こしても、薬をのんでいたかどうかで患者さんの気持は大きく異なるのです」

「どうして。発作が起きれば、薬は無駄だったということでしょう」

「いいえ。薬をのんでいて発作が起きたのなら、ある意味、仕方がないと思えるのです。逆に、薬をのまずにいて発作が起これば、薬をのんでいればという悔いが残ります。だから、念のために薬をのんでもらうことは、意味があるのです」

「つまり、病気の治療というだけでなく、事後の精神的な対応も含めてということですね」

有馬が効果的なフォローを差し挟む。しかし、栗林はそれを逆手に取って、先ほどの話を蒸し返した。

「精神的な対応と言うなら、安富ワクチンも患者さんにとっては大きな精神的な支えになるでしょう。紀尾中君が最初に着目したのも、安富先生の研究が、これまで治療法がなかったがんに有効な可能性があったからよ」

またお気に入りの紀尾中かと、五十川は顔を引きつらせる。憤怒の気持を抑えきれず、安富ワクチンの最大の弱点を突いた。

「安富ワクチンは完成したとしても、有効なのは腺様嚢胞《せんようのうほう》がんだけでしょう。稀少がんじゃないですか。もちろん、患者の数が少ないから、研究を支援しなくてもいいとは言いませんが、何も特定支援研究にすることはないでしょう。研究が成功しても、創薬で見込める収入はごく限られているのですから」

「現時点では腺様嚢胞がんが治療対象になっているけれど、この先、ほかのがんにも効果が期待できると聞いています。五十川部長。あなただって、抗がん剤には積極的に関わってきたんじゃないの。薬を待ちわびるがん患者さんの気持もわかるでしょう」

「イーリアのことですか。あれは画期的な薬でしたからね。しかし、もう抗がん剤は懲り懲りですよ。何万人の患者を救っても、副作用で一人死ねば、遺族やマスコミが大騒ぎをする。そんな厄介な領域に開発費を注ぎ込むより、もっと安全で患者数の多い分野に投資すべきです。認知症が予防できる降圧剤が出たら、高血圧治療の地図が塗り替えられますよ。海外にも需要があるでしょう。そうなれば、ブロックバスターまちがいなしです」

「そんな薬があったら、私でものみたいくらいです」

しばらく言うべきことを見つけられずにいた田野が、勢い込んで身を乗り出した。その拍子に、仲居を押しのける形になり、危うく鍋がひっくり返りかける。有馬は田野の前から倒しそうなグラスや空いた小鉢を遠ざけて、冷静に言った。

「有望な研究なら、早く支援を決定しないと、他社に先を越されるんじゃないですか。せっかく五十川部長が見つけてきたシーズを、他社に横取りされたらそれこそ悔やんでも悔やみきれないでしょう」

「そうなんです、常務。なんとか十二月の役員会で、新藤先生の研究を特定支援研究にしていただけませんか。新型のＡＣＥ阻害薬は、必ずや天保薬品にとって収益の柱になります。

稀少がんの治療薬などより、はるかに投資の意味がある案件なのです。どうか、よろしくお願いいたします」

　五十川が胡座《あぐら》の膝に両手をついて頭を下げると、田野も有馬も同様に平伏した。

　テーブルでは仲居が無言で雑炊を用意していた。栗林は遠慮しかけたが、仲居はそのまま小鉢を取って男性陣と同じ量を入れた。

「さ、どうぞ。ハモの出汁が利いてうまいですよ」

　五十川の勧めに、栗林は箸を取るべきかどうか、迷っているようだった。


「抱月」を出て、栗林を見送ったあと、五十川は田野と有馬を連れて、行きつけのバーに行った。狭いエレベーターで雑居ビルの六階に上がり、分厚い木の扉を開けると、黒で統一した店内にオレンジ色の間接照明が灯っていた。

　奥のソファ席に座ると、五十川は香りのきついアイラモルトをストレートで頼み、田野と有馬は同じものを水割りで注文した。

「今夜の常務の反応、どう思う」

　五十川が不機嫌そうに言うと、田野はすぐさま「部長のご説明はけっこう説得力があったと思いますが」と媚《こ》びてみせた。

「有馬はどうだ」

「はあ、私は――」

言い淀む有馬に、五十川は「遠慮せずに言ってみろ」と促した。

「今夜の話だけでは、栗林常務の気持は変わらないでしょうね。もう少し説得材料が必要ではないでしょうか」

特定支援研究は毎年、先方からの申請を受けて審査される。申請の締め切りは九月末日。それまでに有利な状況を作り出さなければならない。

手持ちぶさたをごまかすためにミックスナッツをつまんでいた田野が、五十川に問うた。

「新藤先生はどれくらいの投資を申請されるおつもりなんですか」

「百二十五億と聞いている」

「さすがはベンチャーを立ち上げるほどのことはありますな。初年度からその額とは、それだけ期待値も大きいということでしょう」

「だから、是が非でも安富のところに出している投資を引き揚げる必要がある」

五十川が吐き捨てるように言うと、有馬が「ひとつ聞いてもよろしいですか」とうかがいを立てた。

「安富先生の研究は、うちの創薬開発部との共同でやっているのですよね。担当はだれですか」

「主任の平良だ」

「私の二期下ですね。部長もおっしゃっていましたが、安富ワクチンは、今、壁にぶち当たっているのでしょう。なのにどうして投資の継続が既定路線になっているのですか」

五十川が答える前に、田野が苛立った調子で説明した。

「それはだな、あの栗林常務が安富さんに入れ込んでいるからだよ。彼女は経営企画担当だし、万代社長のお気に入りでもあるから、影響力を発揮するんだ。だから、今夜、根回しのために彼女を呼んだんじゃないか」

そんなこともわからんのかという口調だ。それにかまわず、有馬は思慮を働かす顔つきで五十川に言った。

「栗林常務が安富ワクチンにこだわるのは、元部下の紀尾中が見つけてきたシーズだからじゃないですか。さっきのようすでは、かなり紀尾中を買っているようでしたから」

「その通りだ。そんな個人的な思い入れで、会社にとって重大な投資を左右されたんじゃかなわない」

五十川はグラスの酒を一気に空け、自制心をなくしたように早口で言い募った。

「だいたいあの安富は大御所か何か知らんが、威張りくさったジジイで、自分ほど偉い者はいないって顔をしてるじゃないか。なんであんなヤツに毎年、百何十億もの投資をしなけりゃいかんのだ」

「ほんとですよ。安富さんは、製薬会社は研究者に投資をして当然だみたいな態度で、感謝の気持なんかゼロらしいですからね」

すかさず田野が追従する。二人で安富の悪評を言い募り、さらにグラスを重ねる。

「それにしても、常務も常務だ」

五十川が批判の矛先《ほこさき》を変えたのを捉えて、有馬が冷静につぶやいた。

「安富先生への投資の理由が、研究本位でないとしたら、別の方面から攻めたらいいんじゃないですか」

「どういうことだ」

「安富ワクチンに入れ込む理由が、お気に入りの紀尾中だというのなら、それをマイナス要因に変えればいいのでは」

田野は茫然としているが、五十川には有馬の意図がすぐにわかった。

「君はたしか、紀尾中とは同期だったな。何か心当たりがあるのか」

「具体的にあるわけではありません。ですが清廉潔白を気取っているヤツにかぎって、人には言えない過去があるんじゃないかと」

「なるほど。常務が紀尾中を切らざるを得ないような不祥事があれば、彼が見つけてきたシーズにこだわることもなくなるわけだな」

　うまくすれば安富への投資も打ち切り、紀尾中も失墜させられる。一挙両得とはこのことだと、五十川がほくそ笑むと、今ごろわかったらしい田野がテーブルに拳を打ち付けた。

「それはいい考えだ。有馬君。さっそく調査をはじめてくれ。ただし、くれぐれも内密にな」

　言わずもがなの指示に、五十川は露骨な舌打ちをした。しかし、半ば泥酔状態の田野の耳には届かないようだった。

32　あと一歩の壁

「それでは、バスター5の無事、ガイドライン収載を祝して、乾杯！」

紀尾中がシャンパングラスを掲げると、ビュッフェパーティに参加した堺営業所のMRたちと事務スタッフの全員が、大きな声で唱和した。

場所は堺駅に隣接するホテル・アゴーラリージェンシーの小宴会場「寿《ことぶき》」。

六月二十八日に開かれた高脂血症診療ガイドラインの合同研究班の会議で、バスター5は見事、高脂血症の治療薬として、第一選択のA判定を獲得した。報せを受けた紀尾中は、七月に入ってすぐチーフMRの池野とともに、合同研究班の班長、乾を泉州医科大学の学長室に訪ね、礼を述べた。

「礼を言われることではありません。御社の薬が優れていたというだけのことです」

謹厳実直な乾は、あくまで薬本位の判断と言わんばかりの愛想のなさだったが、ガイドラインの改訂結果には満足しているようだった。

「紀尾中君。今回はほんとうによくやってくれました。特命を出したわたしも顔が立ちました」

先に祝辞を述べた常務の栗林哲子が、紀尾中に感謝の笑顔を送った。横にいた池野が黙ってはいられないとばかりに割り込む。

「常務。経過はご存じでしょうが、今回のミッションは危ない状況の連続だったんです。それを乗り越えられたのは、ひとえに紀尾中所長のおかげです。ほかの所長だったらきっと途中で投げ出してましたよ」

「かもしれへんな」と、同じくチーフMRの肥後がうなずき、「タウロス・ジャパンには振りまわされたからな」と、皺の深い頬に苦笑いを浮かべた。

「そのタウロス・ジャパンのグリンガがどんな判定になったか知ってますか」

池野が聞き、返事を待たずに答えを言う。

「第三選択で判定はC1ですよ。新薬だからなんとか第三選択に入りましたけど、判定は『考慮してもよいが、十分な科学的根拠がない』ですからね。ざまあ見ろです」

「やっぱり八神はんの不備論文が効いたんやろな。タウロス・ジャパンもアホやな」

池野が破顔でうなずくと、彼のチームの市橋が近づいてきて声を弾ませた。

「これから高脂血症はバスター5の天下ですね。新たなブロックバスターの誕生だ」

同じチームの山田麻弥もやってきて、吊り目をきらめかせて言う。

「バスター5はまったく新しい発想の新薬だから、海外でも売り上げが伸びるでしょうね。そうなったら、我が社は今後十年は安泰ですね」

栗林が紀尾中の周囲に集まったMRたちに、慰労の言葉をかけた。

「みなさんの活躍は、紀尾中所長からしっかりと聞いています。最後まであきらめずにやり遂げてくれて、ほんとうに感謝しています。ありがとう」

栗林が頭を下げると、期せずして拍手が湧き起こった。

池野がもうひとりのチーフMRの殿村を引っ張ってきて、栗林に琵琶演奏の一件を披露した。

「あなたがあの有名な〝琵琶法師〟なの」と、栗林がおどけた調子で聞くと、殿村は「いえ、それほど有名ではありませんが」と生まじめに答えた。

池野のチームの牧が呼ばれ、殿村との韓国出張の顚末《てんまつ》を説明するよう求められた。

「初日、相手側との会食に、殿村チーフは紋付き袴で登場したんですよ。この人、何を考えているんだろうと、目の前が暗くなりましたよ」

「いや、それは」と殿村が説明しかけると、池野が「わかってますよ。殿村さんは殊勲賞です」と持ち上げた。

笑い声があがり、次々と苦労話が持ち出された。

食事とアルコールが進む中、ＭＲたちがそれぞれに盛り上がっている輪から離れて、栗林が紀尾中の横に立った。

「堺営業所はいいメンバーが揃ってるわね。これもあなたの指導がいいからでしょうけど」

「たまたま優秀な人材に恵まれただけですよ」

「謙遜ね。あなたには偉くなってもらわなければいけないから、そのつもりで頑張ってちょうだい」

会場を眺めながらのセリフに、紀尾中は黙って頭を下げた。

「それはそうと、奥さまのお母さまはいかが？」

紀尾中が義母を引き取っていることは、以前、何かのついでに栗林には話していた。

「おかげさまでなんとか無事に暮らしています。毎日ヘルパーさんが来てくれますから」

「奥さまはあなたに感謝しているでしょうね」

「どうですかね。仕事人間の私にあきれてるんじゃないですか」

実際、介護負担のたいへんさに、妻の由里子は夫に感謝する余裕などないかもしれない。

紀尾中も由里子も、互いに日々のバランスを崩さずにすごすのが、精いっぱいというのがほんとうのところだ。

その話をすると、栗林は「それでも立派よ」と率直にほめてくれた。

「常務も女性取締役の少ない製薬業界で、素晴らしい実績を挙げておられるじゃないですか。他社でも評判になっているようですよ」

お返しのつもりで言ったが、栗林は「ふう……」と、ため息とも相槌ともつかない空気を洩らした。

「女性初の取締役なんて、はじめは発奮したけれど、なんだかね。周囲の女性社員からも祝福されて、希望の星だとか、頑張れば認められるんだとか、もてはやされて喜んでいたけど、裏ではいろいろ言う人もいてね」

「やっかみですか」

「それもあるわね。女性より男性陣のほうがうるさくて、社長に取り入ったとか、対外向けに人事の目玉として抜擢されただけだなんて言う人もいる。実績を挙げても、社長の後ろ盾のおかげだと言われるし、人事を動かすと、冷酷だとか、情実だとか陰口を叩かれる」

「実力のない人にかぎって、そんなことを言うんでしょうね」

「すり寄ってくる人もいるけれど、こちらが思い通りに動かなければ、手のひらを返すのが見えてるからね」

だれのことか、紀尾中にはわからなかったが、常務ともなれば悩みも多いのだろう。

会場ではMRたちがさらに盛り上がり、夏のボーナスからそれぞれの昇格まで、冗談とも本気ともつかない応酬で、ボルテージは上がる一方だった。

そろそろお開きの時間が迫ったとき、会場の入口に小太りの男が現れた。紀尾中を認めると、足早に近づいてくる。

「平良。君も祝いに来てくれたのか」

創薬開発部の主任で、以前から親しくしている後輩の平良耕太だった。紀尾中は気軽に声をかけたが、相手は笑顔を見せなかった。栗林に気づくと、平良は無言で一礼し、栗林も目礼だけ返した。用件に薄々気づいているようすだ。

平良がいつも通りの関西弁で声を落とした。

「話があるんですが、これから時間、取れませんか」

「下のバーで二次会があるから、その席でどうだ」

「いえ。二人だけのほうが」

ふだんはひょうきんな平良の硬い表情に、紀尾中はただならぬものを感じて気持を切り替えた。司会者台で閉会を告げようとしている池野に近づき、財布から一万円札を抜き取ってその手に押し込む。「すまん。二次会はこれで勘弁」と片手を立て、池野が「えーっ」と酔った声をあげるのを背中で聞きながら、平良とともに会場を出た。

エスカレーターで二人きりになったとき、平良が神妙な顔で振り返った。

「栗林さんから何も聞いてませんか」

「何のこと」

「お祝いの席やから、ややこしい話は出さへんかったんですね。特定支援研究の件です」

平良がその話を出すとなると、中身はひとつだ。

「安富先生のことか。なかなか成果が出ないから、投資の継続が問題になってるのか」

「今度の役員会では、安富先生への投資は厳しい議論になるでしょう。けど、問題はそれだけやないんですよ」

平良はレモンを思い切りかじったように顔を歪め、紀尾中を見た。

「よりによってこのタイミングで、安富先生が来年度の投資額を、倍に増やしてくれと言うてきたんです」

「何だって」

まさかの要求に、紀尾中の声が裏返った。平良の報せは、ガイドライン収載のお祝い気分を一気に消し去った――。

紀尾中が平良を案内したのは、ホテルから旧堺港のほうに十分ほど歩いたところにある隠し部屋のようなバーだった。アンティークな照明が幅広のカウンターを仄かに照らす席に座ると、平良は水割りを注文し、乾杯もそこそこに話しはじめた。

「五十川部長が動きだしたんです。天王寺大の循環器内科にいる新藤って准教授を知ってますか。『ダブルウィンズ』というベンチャーを立ち上げた研究者」

「新藤マサルか。この前、テレビに出ていたな」

「五十川部長が新藤の新しい降圧剤の研究に入れ込んで、特定支援研究の座を奪い取ろうとしてるらしいです」

「うちは安富ワクチンを八年も支援してるんだぞ。今さら中止したら、これまでの投資が無駄になるじゃないか」

「そうなんですが、安富先生はあの通りこっちの都合なんかまるで無視して、大きな研究には時間がかかって当然みたいに構えてるでしょう。五十川部長はこれまでの投資が無駄になっても、もっと可能性のあるシーズにシフトすべきだと主張してるんです。それでこの前、栗林常務を招いて北新地で根回しの会食をしたそうです」

平良の情報は、創薬開発部長の藤野《ふじの》治正《はるまさ》からのものらしかった。藤野は五十川と同期の部長で、研究一筋の実直な人物である。栗林が五十川の依頼を受けて、藤野に安富の研究の進《しん》捗《ちょく》状況を問い合わせ、藤野が担当の平良に現状を報告するよう指示したというわけだ。

「で、新藤マサルの降圧剤はどんな系統なんだ」

「ACE阻害薬です。それだけやったら目新しくも何ともないんですが、認知症の予防効果も期待できるというのがウリらしいです」

「まさか。そんなの聞いたことないぞ」

「僕もおかしいと思うたんですけど、新藤は治験のプロトコールを都合よく設定して、効果があるように見せかけてるのかもしれません」

血圧の薬で認知症が予防できるとなれば、それこそヒット商品になるだろう。荒唐無稽な効果でも、世の中で売れまくっているOTC薬やサプリメントはいくらでもある。

「そんな胡散臭い研究に投資するより、これまで通り、安富先生の支援を続けるべきだろう。命を救う薬剤なんだから」

安富ワクチンのメカニズムは、簡単に言えば次のようなものだ。

・まず、がん細胞の表面にだけ発現するタンパク質を見つける。
・次に、そのタンパク質に反応する抗体を作る。
・その抗体に、微量の放射線を出すアイソトープを結合させる。
・それを投与すると、抗体ががん細胞に取りつき、放射線によって細胞を死滅させる。

・さらに、免疫チェックポイントを阻害するペプチドを加えることで、T細胞による免疫でもがん細胞が攻撃される。

すなわち、放射線照射と免疫の両方で、がん細胞を死滅させるのである。

この治療法の最大の利点は、全身に転移しているがんにも有効ということだ。細胞レベルでの攻撃なので、目に見えないがんをも消滅させられる。

実際、マウスの実験では大きな効果を挙げていた。

人間の稀少がんである腺様嚢胞がんをマウスに移植し、抗体を青い色素で染色して投与すると、注射の二日後には腫瘍が青く染まっていた。ほかの部分に色素は見られず、抗体が腫瘍にだけ集まることが証明された。

この抗体にテクネシウム96（半減期四・二八日）を結合させると、注射の五日後に皮下に移植した腫瘍がほぼ完全に消失したのである。

しかし、マウスで成功したから、即、人間に使えるわけではない。体重二十グラムのマウスに対して六十キロの人間では、使用する抗体だけでも必要な量が三千倍になる。

マウスでは腫瘍が小さいこともあり、ほぼ消滅させることができたが、ウサギで試すと腫瘍は十分消滅せず、イヌではほとんど消滅させることができなかった。

原因は、腫瘍が大きい場合、抗体の濃度を上げる必要があり、濃度を上げると、抗体ががん細胞を死滅させるのに十分な時間、細胞内にとどまらないことだった。濃度が高いと、いったん細胞内に吸収されても、輸送メカニズムが働いて早期に細胞外に放出されてしまうのである。

濃度を低くすると、長時間取り込まれるが、それでは十分にがんを死滅させられない。濃度を上げると、抗体が早期に放出されてしまうというジレンマが、現在、安富ワクチンがぶち当たっている壁だった。

——安富ワクチンは、あと一歩のところまで来ているんだ。

安富はそう力説するが、この問題に直面して、すでに二年以上、研究が滞っている。

「安富先生もそろそろ焦りだして、あらゆる方法を試すと言うてるんです」

「それで研究費がかさむから、投資額を倍にしてくれと言ってきたわけか」

平良が顔を伏せてうなずく。

「安富先生の感覚では、新薬の開発には一千億単位の研究費がかかるのが常識で、この前、研究室に呼ばれたときに、天保薬品は総額でもまだ七百億ちょいしか出してへんやないかと言われました」

安富はとにかくプライドが高く、優秀で勤勉にはちがいないが、研究者であることに異常なほどの誇りを持っている。自分の研究には、大学も役所も製薬会社も、無条件で協力して当然というスタンスだ。

「それにウチ的には、腺様嚢胞がんみたいな稀少がんにしか効かへんというのも、ネックなんです。実際問題、売り上げを考えますとね」

「だからと言って、患者の多い降圧剤にシフトをするのは、あまりに安易じゃないか。生活習慣病関連の薬はすでに頭打ちで、これからはがんや稀少疾患に成長市場が移りつつあるのは、製薬業界の常識だろう」

紀尾中はびっしり水滴のついたグラスを指先で押さえながら言った。さらに思いが込み上げて、平良にまくしたてる。

「だいたい降圧剤には不要なものも多すぎる。血圧の基準値を下げたり、無理に動脈硬化の危険を煽ったりして、薬をのまそうとするのは、製薬会社の社会的責務に反するじゃないか。そんなことまでして儲けようとするのは守銭奴企業だ。我々は医療の一端を担って、患者の利益のために仕事をすべきじゃないのか」

「その通りです。僕かてそんな怪しげな降圧剤より、安富先生の研究を支援したいですよ。けど、このままやと五十川部長に特定支援研究の座を横取りされかねません。そやから相談しに来たんやないですか。安富先生の研究は、元々紀尾中さんが見つけてきたものでしょう」

平良の目にも煩悶と悔しさが渦巻いていた。なんとか打開の方法を探らなければならないと思うが、当然、この場でアイデアが出るはずもない。

「とにかく、問題はあと一歩の壁をどう打ち破るかだな——」

つぶやいてみたものの、打ち切りが議論されそうな投資を、倍になどできるはずがない。カネをかければ解決する保証もない状況で、どうやって安富の研究を守ればいいのか。

もしも安富への投資が打ち切られたら、当然、共同研究の担当者として、平良も責任を問われる。そうなれば、創薬開発部から別の部署に移される可能性もある。これまで研究一筋でやってきた平良にすれば、それは左遷か島流しにも等しい恐怖だろう。

平良の思い詰めた口振りに、紀尾中は一歩も下がれない崖の縁に立たされた気分で、ふたたび手元のグラスを見つめた。

33　疑心暗鬼

黒地に金文字で「帝后宮《エンプレスルーム》」と書かれたプレートの横に、紅殻《べんがら》色の立派な柱が立っている。スイスホテル南海大阪の十階にある高級中華料理店である。

田野保夫《やすお》は、会食がはじまる三十分前に店に着き、予約した個室に不備がないかどうかチェックしてから、おもむろに店の入口に立った。天王寺大学の新藤マサルと、その岳父木之内丈一《うちじょういち》を招く会食に、同席するよう五十川から指示されたのである。

「早くからご苦労だな」

予定の十分前に五十川が顔を見せると、田野は「個室はなかなかいい雰囲気ですよ」と、さりげなく下見をすませたことをアピールした。

五十川が先に店内に入り、田野が控えていると、派手なクリーム色のジャケットを着た新藤マサルが、三人の男とともに現れた。

「新藤先生。お待ちしておりました。天保薬品の田野でございます」

愛想よく首を突き出し腰を屈める。新藤に従っているのは、「ダブルウィンズ」の役員で、三人とも四十になるかならないかの若さだ。

「五十川は先に参っておりますので」

新藤らを店内に促し、田野はさらに入口で待った。予定の時間を三分ほど過ぎたとき、エレベーターから小柄な老人が現れた。光沢のあるチャコールグレーのスーツに、エナメルの黒靴をはき、薄い髪をポマードでなでつけている。関西の巨大スーパー「ドーナン」の会長、木之内とは初対面だが、顔はネットで調べてある。田野はこの貧相な老人がと、一瞬、戸惑ったが、「木之内さまでいらっしゃいますか」と呼びかけたとき、応じた顔には裏社会ともつながりがあると言われるカリスマ経営者の鋭い眼《まなこ》が光った。

恐縮しつつ個室に案内すると、その場にいた全員が起立して、木之内が奥の席に座るまで低頭した。娘婿の新藤までが、神妙な顔をしている。

全員が席に着くと、五十川が改まった調子で口を開いた。

「本日は、お忙しい中、お時間を頂戴いたしまして誠に恐れ入ります」

いつになく低姿勢であるのを見て、田野は違和感を持った。新藤にはこちらが投資する立場なのだから、むしろ先方が下手に出るのが当然だ。それがなぜと、田野は笑顔をキープしながら訝った。

ビールで乾杯したあと、最初に前菜の盛り合わせが出た。

「新藤先生、いや、新藤社長。『ダブルウィンズ』はものすごい勢いですな。海外のメガファーマとも技術提携を結ばれているようですし、先日は、第三者割当の新株式発行で、六十億の資金調達をされたとか」

「よくご存じですね。しかし、まだまだですよ」

新藤は朗らかに応じ、料理に箸を伸ばしながら続けた。

「なにしろ連続の営業赤字ですから、必死の延命策です」

ピータンを口に放り込むその顔に、悲愴感はまるでなく、むしろ余裕綽《しやくしやく》々の表情だ。両側に陣取った幹部たちもニヤニヤ笑いを浮かべている。

「それだけの資金が集まるということは、投資が何倍にもなって返ってくると、だれもが踏んでいるからでしょう。あまり大きくなりすぎて、弊社のような老いぼれ企業を窮地に追い込まないでくださいよ」

「御社のほうこそ、ウチらをファイザーモデルの餌食にせんでくださいよ」

新藤が軽くウィンクすると、木之内がナプキンで口を拭いながら、「ファイザーモデル？」と、しゃがれた声を出した。

「お義父《とう》さん。製薬業界にはそういう言葉があるのですよ。優れたアイデアを持っているべンチャーを大企業が会社ごと買収して、ノウハウを横取りするんです。アメリカのメガファーマ、ファイザーが最初にやった手法です」

「ほう。それもよいのじゃないか。天保薬品さんに、『ダブルウィンズ』を思い切り高く買ってもらいなさい。それでマサル君はまた別の会社を立ち上げればいい。いや、それより、せっかく天保薬品さんが買ってくださるのなら、いっそ、マサル君が天保薬品の役員になって、そのうち社長をやればいい」

木之内の言葉に、五十川が思わずむせた。箸を止めて顔を引きつらせているのを見ると、木之内は「冗談だ。ウハハハハ」と、長寿眉を持ち上げて笑った。

「木之内会長もお人が悪い」

五十川が心許ない笑いを洩らす。本気で焦っていたのかと、田野は意外な思いを抱いた。そもそも、今日の会食の意義はどこにあるのか。陪席を命じられたのは、五十川が自分を腹心の部下と見なしている証拠だが、とはいうものの、田野には今ひとつ五十川の意図が読み切れなかった。

料理は鶏肉の薬膳スープが出て、さらに北京ダックへと進んだ。

「ところで、マサル君の研究しとる新薬の見込みはどんな感じですかな」

木之内の下問に、五十川は待っていたかのように答える。

「それはもうこの上なく有望ですよ。ご承知の通り、日本人は生活習慣病に敏感ですから、特に血圧には神経を尖らせています。新藤先生が開発されている新薬は、認知症の予防効果が期待できるという、他剤にはない大きなメリットがありますから、きっと爆発的に売れることまちがいなしです」

「それは頼もしい」

木之内が感心すると、五十川はさらに勢いづいて得意の戦略を披露した。

「日本人は数字を気にしますから、基準値に弱いのです。私ども製薬業界は日本高血圧学会に働きかけて、常に診断の基準値の引き下げを目指しています」

「学会への働きかけとは、つまり、魚心あれば水心というヤツだな」

「会長。それは誤解です。私どもは専門家の先生方によりよい研究をしていただきたい一心で、及ばずながら研究費に、ささやかな働きかけをさせていただいているだけです」

含みのある口調で、上目遣いで嗤って見せる。木之内もゆっくりと口元を緩める。時代劇なら「おぬしもワルよのう」のセリフが出るところだ。

新藤と三人の幹部たちは紹興酒を注文し、海老と貝柱の炒め物に舌鼓を打った。

五十川は紹興酒を燗《かん》で頼み、小グラスに氷砂糖を溶かしてうまそうに飲んだ。田野はビールのまま、会話のようすに気を配っていた。出すぎた真似はできないが、話が途切れたら、場を白けさせないのが自分の役目だ。しかし、五十川はいつになく多弁で、会話を途切れさせることはなかった。

「新藤先生の新薬が実用化されましたら、認知症学会にも働きかけをいたします。認知症の予防薬として学会のお墨付きが得られれば、それこそオンリーワンの存在になります」

木之内が素朴に訊ねる。

「お墨付きが簡単にもらえるかね」

「それはもう、新藤先生のアイデアとデータがあれば、あとは背中を押すだけでＯＫです。専門家の先生方も押されるのを待っておられますから」

「認知症学会が認定してくれたら、診療ガイドラインに収載されますね」

新藤が五十川を見て、意味ありげに銀縁眼鏡を持ち上げた。

「もちろんです。我々にはノウハウがありますから」

「ガイドラインと言えば、五十川君には世話になったな。御社のバスターなんとかが収載されたら、見事に株価が跳ね上がったからな」

「何のことでしょう？　私は何もお世話などは」

五十川が含みのある上目遣いでニヤリとする。インサイダー情報を流したのだなと、田野はすぐに気づいた。なるほど、そういうことか。五十川は木之内を後ろ盾にするつもりなのだ。関西経済界の裏のドンとも言われる木之内を味方につければ、天保薬品の上層部も五十川を無視できなくなる。五十川は社内で社長候補の呼び声も高いが、そんなものは当てにできない。社外に強力なバックを持つことで、トップへの道をより確実にしようとしているのだ。さすがだと、田野は自分の上司に熱い視線を送った。

「ところで、五十川部長。御社からの投資、見込みはどんな具合ですか」

頃合いを測るように、新藤が聞いた。五十川は新藤に向き直り、木之内に対してよりは砕けた調子で答えた。

「先日もこの田野とともに、役員会で影響力のある常務を招いて、会食をしたところです。感触は悪くありません。なあ」

五十川に話を振られ、田野は御意《ぎょい》とばかりにテーブルに両手をついて答えた。

「それはもうまちがいありません。なにしろ、認知症の予防効果が期待される降圧剤でございますから」

こういうとき、気の利いたことが言えないのが自分の欠点だと、田野自身にもわかっている。失言を恐れるあまり、ありきたりなことしか言えない。五十川が焦れたようすで新藤に保証した。

「ご心配なく。その常務を説得する手立ても考えておりますので」

紀尾中の過去の不祥事を探る件だなと、田野もうなずく。

栗林が紀尾中を見限れば、安富へのこだわりも弱まるだろう。そのためには紀尾中の決定的な秘密を暴く必要がある。いくら清廉潔白そうにしていても、MRなら人に話せないことのひとつやふたつはあるはずだ。医者から理不尽な要求、不都合な依頼、無理強いをされたとしても、応じれば片棒を担いだことになる。栗林は潔癖だから、紀尾中に不潔な側面が見えればきっと嫌悪感を抱くだろう。

そんな思いを巡らせるだけで、田野はニヤニヤ笑いが浮かぶのを抑えられなかった。自分が紀尾中の秘密を探り出せば、さらに五十川の信頼を得られる。そのためには、有馬より早くネタを見つけなければならない。

「そう言えば、その常務と会食された話は、御社の有馬さんから聞きましたよ」

新藤の言葉に田野は目を剝いた。五十川も箸を持ったまま動きを止めている。有馬が新藤に会ったのか。考える間もなく、新藤が続けた。

「新宿営業所の有馬さん。出張で大阪に来たついでに、ウチの研究室に寄ってくれたんですよ。なかなか優秀なMRさんですね」

「そうですか。有馬が先生の研究室へね。彼は今回、本社の会議に出席するために来たのですが、時間を見つけて顔を出したのでしょう。目端の利く男ですからね。しかし、突然、お邪魔してご迷惑ではありませんでしたか」

「とんでもない。私の研究に興味津々のごようすで、御社からの投資が満額になるよう、全力を尽くしますとおっしゃってくれました」

五十川が満足そうにうなずいている。先を越されたと、田野は額に苦悶を浮かべた。自分はまだ新藤の研究室に行っていない。それどころか、新藤と直接会うのも今日がはじめてだ。出すぎた真似をしてはいけないという過度な自制が、裏目に出たようだ。

料理が終盤に差しかかり、ご飯ものに蟹肉入りの炒飯が出たが、田野はまったく味がわからなくなった。

先日の「抱月」での会食、そのあとのバーでの会話が頭をよぎった。あのとき、五十川はことさら有馬の発言に耳を傾け、自分の言ったことは無視するか、おざなりな相槌しか打たなかった。もしかして、五十川は自分より有馬を重用するつもりなのか。

これまで自分は五十川に絶対服従で、片腕となってさんざん尽くしてきた。今になって、有馬のような若造にポジションを奪われたのではたまらない。そんなことになれば、自分は使い捨て、よくて飼い殺しだ。

「……だよな、田野君」

「はい？　え、ああ、もちろんです。それはもう――」

五十川に何を言われたのか、まったくわからなかった。それでも精いっぱいの笑顔で肯定すると、五十川はそのまま話を進めて笑った。

俺は単なる相槌役としてしか見られていないのか。今まではそんなことはなかった。いつの間にか、有馬が五十川に取り入って、五十川の中で自分のプレゼンスが下がってしまったのか。

有馬をなんとかしなければならない。

会食は和やかに続いていたが、田野の念頭からは、有馬の鋭い目とこけた頬が、いくら追い払っても去らなかった。

34　高慢と暗躍

安富匡の研究室は、阪都大学病院とは別棟の生命機能研究センターにある。

安富は現在六十八歳で、三年前に定年退官しているが、現在は特別教授の肩書きで、生命機能研究センター長を務めている。

紀尾中と平良が安富に面会の約束を取りつけたのは、八月も後半に入ってからだった。時間通りに訪ねたのに、センター長室に当人がいなかった。二人は仕方なく、前の廊下で待つことにした。

「今日はご機嫌、どうでしょうかね。緊張するな」

平良が教授の不在に文句を言うより、安富の気分を心配した。瞬間湯沸かし器の異名を持つ安富は、この歳になっても感情的になりやすく、その日の機嫌によって対応が大きく変わる。

廊下に靴音が聞こえ、研究室の角から長身でやや前屈みの安富が現れた。銀髪、濃い眉、笑っていても人をにらみつけるような鋭い目が、紀尾中たちを見て一瞬、はっとした。

「なんだ、もう来てたのか。待たせたな。助教の指導に手間取ったもんでね」

時間通りに来たほうが悪いように言う。だが、機嫌は悪くないようだ。平良がまず畏まって頭を下げた。

「本日はお忙しいところ、お時間をいただき、ありがとうございます」

「お久しぶりです」

紀尾中も気をつけの姿勢のまま一礼する。

「今日は紀尾中君も来ると聞いて、楽しみにしていたんだ。さ、入りたまえ」

勧められてセンター長室に入ると、豪華な応接用のソファセットと、重厚な執務机が鎮座していた。噂ではノーベル賞を受賞したときのために、取材を受けるのにふさわしい調度を用意させたとのことだった。安富は若いときから優秀で、だれにも負けない努力家だったが、それ以上に気むずかしく、強引で高慢な自信家であるのは、衆目の一致するところだった。

「紀尾中君とは何年ぶりになるかね。今は営業所長になっているんだろ」

「堺の営業所におります。先生とはかれこれ八年ぶりになるかと」

黒の革張りのソファで向き合うと、安富はゆったりと背もたれに身を預け、珍しく和やかな表情になった。

「君が最初に私の研究室に来たのは、その二年ほど前だったな。あのころ、安富ワクチンはまだほんの端緒についたばかりで、だれも見向きもせんかった。その時点で着目してくれたから、私は君に感謝しとるんだよ。可能性が見えてからすり寄ってくる連中はいくらでもいるがね。そういう輩《やから》には恩義は感じない」

「恐れ入ります」

当時、安富の研究は、がん細胞の免疫に関するごく基礎的なもので、それを吹田営業所で阪都大学病院を担当していた紀尾中が、腫瘍内科の講師との雑談の中で偶然耳にして、もしやと思い、安富の研究室を訪ねたのだった。

しばらく思い出話に興じたあと、紀尾中が訪問の本題に話を進めた。

「安富ワクチンが完成すれば、これからのがん治療に大きな影響を与えることになります。平良からも、マウスの実験で大きな成果を得たと聞いております。その後の進捗状況はいかがでしょうか」

「それはもちろん順調だよ。マウスでの実験では目を見張る効果が得られたんだ。ちょっとご覧に入れよう」

言うが早いか、安富は立ち上がって、執務机からタブレット型のパソコンを取ってきて、テーブルに立てた。表示されたのは、以前、平良からも聞いた腺様嚢胞がんの移植腫瘍が、安富ワクチンで消滅した画像だった。

「素晴らしい成果です。これだけはっきりと腫瘍が消えたのであれば、すぐにも臨床試験を開始できるのではありませんか」

紀尾中はわざと安富ワクチンが直面している問題をスルーして、相手の反応を見た。果たして、安富の目に刹那、険悪な影が差し、身を乗り出すようにしていた姿勢から一転、否定的なものになった。

「臨床試験はそう簡単にははじめられんよ。新薬の実用化には越えなければならんハードルがあるからな。平良君も承知していることだから、詳しく説明せんでもわかるだろう」

不快そうな仏頂面で目を逸らす。紀尾中が問題にわざと知らぬふりをしたのは、お見通しのようだった。

「恐れ入ります。安富ワクチンは、マウスで画期的な成果を挙げながら、サイズの大きな動物では、思うような結果を得られなかったということでございますね。その問題を解決する糸口のようなものは、見つかっているのでしょうか」

横で平良が身を強張らすのがわかった。聞き方が率直すぎるからだろう。

安富はむっとしたようだったが、自分を抑え、諭すような口調に切り替えた。

「紀尾中君ならわかると思うが、研究には壁がつきものだ。たとえて言えば、洞窟でトンネルを掘るようなものだ。外界に開通するまでは、暗闇を掘り続ける以外にない。しかし、最後のツルハシを一振りすれば、一気に光があふれるんだ」

「なるほど。それでその最後の一振りがいつごろになるか、見通しはいかがでしょうか」

「君もわからん男だな。最後の一振りの直前まで暗闇の連続だと言ってるだろう。あとどれだけ掘ればトンネルが開通するか、それがわかっていれば苦労はしない」

安富の苛立ちが、顔と声の両方に浮かび上がった。つまり、展望がないということか。それではこちらも甘い顔はできない。紀尾中が深刻な表情を浮かべると、意外にも安富は元の愛想のいい顔にもどって、ふたたび身を乗り出した。

「私もいつまでものんべんだらりと解決策を探っているつもりはない。天保薬品との共同研究もかなり長期になっているからな。ここらで本腰を入れて、可能性のある方法を片っ端から試すつもりだ。そのためには何をおいても研究費が必要になる。先日、そちらの藤野部長にも連絡したが、来年度の研究支援は、ぜひとも倍増をお願いしたい。問題を解決する方策さえ見つかれば、安富ワクチンは画期的ながん治療薬として、臨床試験に進むことができる。今日、君たちが来たら、ぜひそのことを話そうと思っていたのだよ」

先手を打たれ、紀尾中は平良と顔を見合わせた。安富はこれで結論は出たとばかりに、満足そうな笑みを浮かべている。

紀尾中は静かに息を吸い込み、安富の迫力に負けないよう力を込めて切り出した。

「実は、今日うかがったのは、その研究支援の件についてなのです」

安富の濃い眉がわずかにうごめく。

「今年度まで、安富先生のご研究は、特定支援研究として、弊社の研究開発費の五分の一を超える額を投資させていただいておりました。藤野部長はじめ、私どもは引き続き先生のご研究を特定支援の対象とさせていただきたい所存であります。しかしながら、ほかにも有力なシーズの候補があり、社内でそちらを強く推《お》す向きもございます。安富ワクチンの進捗は、一昨年のマウスの実験成果から足踏み状態を続けております。今のままですと、来年度の支援がどうなるか、予断を許さないというのが正直なところでございます」

「有力なシーズ？　だれのどんな研究なんだ」

「天王寺大学の新藤マサル准教授の降圧剤です」

安富は上体を大きくのけ反らせて嘲《あざけ》った。

「天王寺大学？　市立大学じゃないか。こちらは国立だぞ。同じ国立でも阪都大はかつての帝大だ。格のちがいってものがあるだろう。その研究者は准教授なのか。そんな若造の研究と私のノーベル賞級の研究が、競合するというのかね。冗談じゃない。医学の研究には、先達が積み重ねた伝統と、優秀な人材と、長年の経験が必要なんだ。戦後にできたような大学の若造が、いくらしゃかりきになったところで、画期的な研究などできる道理はない」

「申し訳ございません」

安富の剣幕に、平良が反射的に頭を下げた。紀尾中は安富の言い草に、この人はこんな権威主義者だったのかと内心で失望し、研究の内容にも不安を感じた。

なおも気持が収まらないようすの安富は、痰の絡んだ声でまくしたてた。

「その新藤とやらが研究する降圧剤など、すでに掃いて捨てるほどあるではないか。安富ワクチンはがんの治療薬だぞ。しかも、今のところ有効な治療法がない腺様嚢胞がんに効くんだ。頭頸部のがんの中でも、特に悪性度が高いのは知っているだろう。命に関わる研究と、生活習慣病の治療のどちらが有意義か、天保薬品はそんなこともわからんのか」

「申し訳ござい……」

平良がふたたび詫びかけるのを制して、紀尾中が安富にまっすぐな視線を当てた。

「新藤先生が開発している降圧剤には、認知症を予防する効果が期待されているのです。これは我々製薬会社としては、大きな魅力です」

それがどういう意味を持つか、研究者の安富にはすぐに理解できるはずだ。しかし紀尾中の反論にひるむどころか、逆に余裕さえ漂わせて言葉を返した。

「紀尾中君。まさか本気で言っているのじゃないだろうね。認知症の本態が解明されていないのに、予防などできるわけがないではないか。週刊誌の記事に踊らされる素人《しろうと》ならいざ知らず、いやしくも製薬会社のＭＲが、そんな誇大宣伝に惑わされるとはな」

「私も怪しげだとは思います。しかし、実際に認知症の予防効果がなくても、効果が期待されると公表すれば、それだけで薬は売れます。売り上げが見込める研究があれば、そちらに支援が向くのが製薬会社です」

「フン。とうとう馬脚を露しよったな。つまりは金儲けということか。がっかりだよ。製薬会社なら病気に苦しむ患者のために、少しでも役立つ薬の開発に力を注ぐべきじゃないのかね。膵様嚢胞がんの患者が、どれほど苦しみ、怯え、恐怖に震えながら、新薬の開発を待っているのか、考えたことはないのか」

安富の表情が、怒りと蔑《さげす》みから、失望へと移り変わった。そこには多分に挑発も入っていたが、紀尾中は動じず熱意を込めて言った。

「私自身、怪しげな降圧剤などよりも、安富ワクチンのほうがはるかに意義深いものだと確信しております。しかし、会社の方針は私の一存では変えられません。ましてや、強弁するだけでは、支援してくれる役員も社長やほかの役員を説得できないでしょう。特定支援研究の座を維持するためにも、研究支援の申請には額の据え置き、もしくはわずかでも減額をお願いできれば、ありがたいのですが」

「支援を減額しろだと？　そんなことをすれば、ますます研究が滞るじゃないか。私とて漫然と停滞を放置しているわけではない。さっきも言った通り、ここで起死回生の突破口を開くために、集中して問題解決の方策を探りたいと考えているのだよ。トンネルを開通させるためには、ツルハシが必要なんだ。一刻も早く開通させるために、ツルハシを倍に増やしてくれと求めているのに、減らせと言うのか」

「確たる見通しもなく、支援額を倍増しろというのでは、役員会の説得は困難です」

堂々巡りになりかけたとき、平良が口を開いた。

「安富ワクチンの抗体を増やしたとき、それがいったんがん細胞内に吸収されてから排泄されるのは、タンパク質の輸送メカニズムが働くからですよね。吸収は止めずに排泄だけ止める薬剤なり化合物が見つかればいいのですね」

「それはそうだ」

何を今さらというように、安富がため息を洩らす。それにめげず、平良は懸命に訴えた。

「安富先生の研究室では、この二年間、可能性のある物質は片っ端から試されましたでしょう。我々の創薬開発部でも同じです。しかし、有効な物質が見つからなかった。今後はより可能性の少ない領域から探すことになります。ということは、かなり長期戦で取り組む必要があるのではないでしょうか」

長期戦に持ち込むには、支援の継続が必要だ。だから、申請は慎重にと話を進めるつもりなのだろう。ところが、それを見越したように、安富が苛立った声を出した。

「何を弱腰なことを言っとるんだ。目的の答えは常に思いがけないところから見つかるものだ。過去の偉大な研究も、問題解決のカギはほとんどが偶然や意外性から突然得られている。そうすれば暗闇のトンネルが開通する。そのためにもツルハシが必要だと言っとるんじゃないか」

これ以上は話がこじれるばかりだ。紀尾中は平良に引き揚げの合図を目で送り、最後に念を押すように言った。

「安富先生。弊社への研究支援の申請締め切りまで、まだ時間がございます。どうか今日お話しさせていただいたことを踏まえて、申請額には熟慮のほどをお願いいたします」

安富が憤然と応える。

「これまでの倍額を申請したら、支援を打ち切るというのかね。そんなことをしてみろ。天保薬品は目先の利益に目が眩《くら》んで、安富ワクチンの完成をあと一歩のところで見限った愚かな製薬会社として、医学史に汚名を刻むことになるぞ。せっかく、画期的ながん治療の支援者になれるというのに、その地位をみすみす手放すとは、天保薬品も先見の明がないと業界の笑い者になるだろうな。そっちこそ、特定支援研究の適否は熟慮したほうがいいんじゃないのか」

返ってきたのは、あくまで自らの不利を認めない捨てゼリフだった。

生命機能研究センター長室を出たあと、帰りの車の中で、紀尾中は安富の研究を支援する会社がほかにあるのかどうか、平良に訊ねた。

「今のところはないと思いますよ。あったら安富先生のことですから、今みたいに弁解めいたことは並べず、それならほかへ頼むのひとことですますでしょう。ただ、海外のメガファーマに目をつけられると、一気にそちらに流れるかも」

「ここまで来て、横取りされるのは惜しいな。なんとか解決の糸口はつかめないのか」

「安富先生はじめ、ウチでも専門領域の研究員が、必死になってさがして見つからないのに、思いがけない発見なんかあるはずないですよ。このままやったら、特定支援研究の継続はむずかしいかもしれませんね」

平良の丸顔に浮かんでいるのは、鉛のような徒労感だけだった。

＊

支店長会議の打ち合わせという名目で、東京に出張してきた田野保夫は、東京支店長の誘いを断って、タクシーで新宿に向かった。

時刻は午後六時四十分。夕闇が迫る中、タクシーはビル街を抜け、代官町通りを千鳥ヶ淵へと進む。東京は久しぶりだが、別に気持が浮き立つこともなかった。

京都市左京区生まれの田野は、幼いころから成績優秀で、公立の進学校からストレートで京洛《きょうらく》大学の経済学部に進んだ。頭脳明晰なことは、自他ともに認めるところだったが、田野はなぜか子どものころから人に嫌われた。身勝手、目立ちたがり、利己主義者。自覚はないのに、そんなふうに貶められた。どうせデキの悪いヤツらの嫉妬だろうと思って無視していたが、一匹狼に徹するほど強くもなかった。

人に好かれるために田野が考えたのは、イエスマンに徹することだった。自分は頭がよすぎるから、バカなヤツの欠点が見える。それを指摘するから嫌われる。常にノーを言わなければ、嫌われることもないはずだ。

田野は大学では周囲に調子を合わせて、それなりに学生生活を楽しんだ。同級生からは中身のないヤツと見られていたが、本人は気にしなかった。

新卒で天保薬品に採用され、ＭＲ試験は軽々と突破して、イエスマンを求める医師たちには気に入られ、ＭＲとしてそれなりの実績を挙げた。三十二歳で上司に紹介された女性と結婚し、現在、二女の父親でもある。根本的に女性にはモテないので、不倫に走ることもなく(不倫など時間の無駄だと、半ば負け惜しみで考えていた)、上司や医師たちには徹底的にへつらい、わずかでも自分の得点になることには労を惜しまず、ただひたすら上を目指して努力を重ねてきた。総務部長の五十川には、彼が営業課長のころから尽くしてきた。京洛派閥のボスだった当時の社長・宮城に気に入られ、将来の社長候補との噂を聞きつけたからだ。五十川も田野の忠誠を受け入れ、側近扱いしてくれた。それが今、安閑としていられない状況になっている。原因は、新宿営業所の所長、有馬恭司である。

タクシーはちょうどいい時間に新宿駅の東口に着き、田野は指定された店に向かった。有馬が予約したのは、雑居ビルの二階にある京風の和食店だ。時刻は午後七時五分。少し遅れるところが格上としてふさわしい。田野はそういう計算が好きだった。

案内されたのは三畳ほどの個室で、仲居が襖を開けるとダークスーツ姿の有馬が振り向いた。

「待たせたみたいだな。申し訳ない。タクシーで来たんだが意外に道が混んでいてね」

「とんでもないです。私も今、来たばかりですから」

田野は遠慮なく上座に座り、まずはビールで乾杯した。

「料理は懐石のコースをご用意いたしました。いちいち注文するより、落ち着くかと思いまして」

「何から何まで完璧なアレンジだな。さすがは新宿営業所の所長だけはある」

他人行儀な対応は、こちらを警戒しているからだろう。まずはリラックスさせなければならない。


「さっき東京支店の酒井《さかい》君に会ってきたが、彼は顔色が悪いね。肝臓でも悪いんじゃないか。製薬会社の支店長が病気顔ではまずいだろう」

冗談めかして言うと、有馬はわずかに表情を緩めた。

「酒井支店長は先々月、胆石の手術を受けたんです。腹腔鏡手術の予定だったのが、癒着がひどかったらしく、途中で開腹になっちゃって」

「文字通り切腹したわけか。そりゃあ気の毒だったな。ハハハ」

他人の不幸にはつい声がはずむ。適当な雑談をしていると、話の切れ目に有馬が上目遣いで聞いてきた。

「田野支店長の東京ご出張は、私との会食が目的ではありませんか」

「なぜ、そう思うんだね」

「私のような下っ端に、田野支店長が声をかけてくださるのは、何かわけがあるのかと思いまして」

何が下っ端だ、心にもないことをと、田野は肚《はら》の中で罵《のの》りながらビールを飲み干す。


「恐れ入ります」

「特別なわけなどないよ。この前、君が大阪に来たとき、五十川部長も君のことを買っていたから、東京に行くのなら差しで飲みたいと思っただけだ。私は冷酒を頼むが、君はどうする？」

同じ五十川派として連帯しようという雰囲気を込めると、有馬もやや気を許したのか、

「では、私も同じものを」と応じた。

「先日、天王寺大学の新藤先生と、岳父の木之内丈一さんと会食する機会があってね。木之内さんは関西の大手スーパー『ドーナン』チェーンのオーナーだ」

有馬は知っているとも知っていないともつかない表情で話の続きを待つ。

「もちろん、五十川部長のお供だったんだが、君はこの前の大阪出張の帰りに、新藤先生の研究室に挨拶に行ったんだって？――」

有馬の表情がかすかに動く。田野は気づかないふりで、運ばれてきた冷酒のグラスを口に運んだ。

「たまたま天王寺大学病院に行くついでがありましたもので。出過ぎたことだったでしょうか」

「いやいや、せっかく出張で来たんだから、機会を捉えて訪問するのは悪くない。新藤先生も君の訪問を喜んでいらっしゃったよ」

「それでしたらよかったのですが」

有馬は殊勝な態度を崩さない。どこまでも用心深い男だと、田野は苛立つが、顔は親し気な笑みのままだ。

「紀尾中が栗林常務のお気に入りだと見抜いて、紀尾中の不祥事を暴けばいいというアイデアには、五十川部長も感心していたよ」

「恐れ入ります」

「ああいうことは、どこで思いつくのかな。私などは及びもつかないよ」

「またまたご謙遜を」

有馬が表情を緩めて、くいと冷酒を飲んだ。チャンスだ。田野は狡猾《こうかつ》な目線を相手に固定した。

「で、肝心の紀尾中の不祥事は、何か見つかったのかね」

有馬の手が止まる。田野はさらに追い打ちをかけた。

「君は紀尾中の同期だし、同じ営業所長だから、情報にはいちばん近いところにいるだろう。このアイデアは君が言い出したことでもあるし」

徐々にプレッシャーを強めると、有馬は鋭い目で田野を見つめた。

「五十川部長が、気にされているのですか」

有馬は田野の出張を五十川からの問い合わせだと思ったようだ。

「役員会の直前に動いて、常務に裏を気取られてもいかんだろう。だから早めにと思っておられるようだ」

「申し訳ありません。いろいろ探っているのですが、今のところはまだ――」

ここではじめて笑顔を消す。有馬はすぐに弁解をはじめる。

「紀尾中は同期にも評判がよくて、不祥事めいたことを聞きだそうとすると、逆に、どうしてそんなことを聞くんだと勘繰られるんです。私がおかしな動きをしているのを紀尾中に感づかれるのもよくないので、なかなか突っ込んで聞けなくて。それに私は東京勤務ですから、関西の連中に接触する機会もかぎられていまして」

無言で料理に箸を伸ばす。この沈黙は有馬にはつらいだろう。

ころ合いを見て、咳払いをひとつして言った。

「私も調べているんだがね、紀尾中はなかなかガードが堅いようだな」

有馬が殊勝にうなずく。

「しかし、MRなら何かあるだろう。できるだけ常務の心証を害するようなエピソードがいいんだが」

「セクハラとかがあれば、いいですね」

「潔癖な栗林常務には、セクハラは最適のネタだな。そんな話があるのか」

「わかりませんが、紀尾中は女性にモテるタイプですから、もしかしたら女医か看護師がらみで何かあるかもしれません」

「そんな話があれば、五十川部長も喜ぶぞ。十二月の役員会までにはまだ時間がある。多少強引な手を使ってでも、何か見つけるよう頑張ってくれ。期待しているから」

「承知いたしました」

これで大事な話は終わったという空気になり、田野は冷酒のお代わりを注文した。有馬も続き、雑談をはじめる。有馬の警戒心が緩んだところで、田野がついでのようにこの日の本題を切り出した。

「そう言えば、栗林常務がちょっと気になることをおっしゃっていたな。協堂医科大学の須山教授の件。常務はどうやら寄附金の二重取りを持ち掛けたことを、快く思っていないようだ。まあ、アンフェアと言えばアンフェアだからな」

「はあ……」

「あれは君の独断でやったことなのか。五十川部長のアイデアでもあるんだろう」

「いえ。私が考えたことです」

「そうか――。むう」

唸ってみせると、有馬は訝しそうに首を傾げた。

「常務も君の独断だと思っているようだな。有馬はそういう方策を講じる人間だと見られたら、君の将来にも関わりかねない。知っての通り、あの人は万代社長の秘蔵っ子だから影響力があるんだ。余計なことかもしれないが、こんなことで君がマイナス評価をつけられるのはもったいないと思ってね」

有馬の目に困惑が浮かぶ。さすがの切れ者にも思いがけない展開なのだろう。

「では、どうすれば」

「うーん」

考えるふりで顎を撫でる。有馬はすでにクモの巣にかかった蝶《ちょう》だ。

「ここだけの話にしてもらわないと困るが、君は逐一、五十川部長の了解を得て動いていたんだろう。それなら部長の指示があったのも同然だ。何も部長に責任をなすりつけるようなことをしなくても、必ずしも自分がひとりで動いたわけではないということを、常務に伝えてもいいんじゃないか。伝え方を工夫すれば、君の独断だったという印象を薄められるだろう」

「なるほど——」

「君ならうまくやれるよ。早い機会にもう一度大阪に出張して、常務に話したらいい」

「常務がそんなふうにお考えだとは知りませんでした。そう言えば紙鍋の店でも、須山教授の二重取りには批判的でしたね。貴重な情報を、ありがとうございます」

有馬が納得したようすで頭を下げた。

「礼を言うには及ばんよ。私は君に期待しているんだ。将来、君は我が社を背負って立つ人材だからな。お互い、天保薬品のために頑張ろう」

笑顔で応じると、有馬は肩をすぼめて「はい」と言った。

田野はほくそ笑みながら、冷酒の三杯目のお代わりを仲居に告げた。

翌日、東京からもどると、田野はその足で本社に行き、栗林の部屋を訪ねた。

「失礼いたします。少しお時間よろしいでしょうか」

書類に目を通していた栗林は、遠近両用の眼鏡をわずかに下げ、田野に硬い視線を向けた。相手が近づいてこないのを見ると、席を立って無言でソファ席を勧めた。

「ただいま、東京出張からもどってまいりました。昨日、酒井支店長と打ち合わせをしたのですが、そのあと、新宿営業所の有馬君と食事をする機会がございまして」

有馬と聞いて、栗林は先日、北新地の「抱月」で会った男を思い出したようだった。

「と申しますのも、彼が協堂医科大学の須山教授を攻略した件が、どうも引っかかっておりまして。つまり、奨学寄附金の二重取りを持ちかけた件でございます」

栗林は相槌も打たずに田野を見ている。

「いくら状況が緊迫していたとはいえ、やはりアンフェアな手法は慎むべきなのに、五十川部長も有馬君のやり方を擁護しておられましたので、そのままでは彼のためにもならないと思い、東京出張のついでにひとこと注意しておこうと、一席設けた次第です」

そこまで言うと、栗林はようやく表情を緩めた。

「それはご苦労さまでした。あの件は、わたしも気になっていましたから」

「さようでございますか。ですが、肝心の有馬君の反応が、思わしくなかったものですから――」

「と言うと」

「どんな場合でも、常に公正なやり方を忘れてはいけないと申しますと、いかにも心外という口調で、あのとき、須山教授を説得するのに、ほかにどんな方法があったのですかと、食ってかかる始末で――。まあ、多少、アルコールも入っていましたし、個室で二人きりでしたから、彼もちょっと興奮したのでしょうが」

「それはよくないわね」

「で、前の大阪での会食のとき、栗林常務がどういう反応だったか思い出してみろと促したんです。すると、彼は急に不安になったようすで、常務のお考えを根掘り葉掘り聞くものですから、はじめに言ったように、アンフェアな手法はよくないと繰り返しました」

栗林が真剣に耳を傾けているのがわかる。取締役なら無視できない情報だろう。田野は最後の詰めにかかった。

「有馬君も徐々にわかってくれたようでしたが、話しているうちに、実は寄附金の二重取りを持ちかけたのは、五十川部長からの示唆で、自分のアイデアではないと言いだしたのです。今になってそんなことを言うなんてと思いましたが、タウロス・ジャパンから須山教授に動いたカネのことを報告すると、五十川部長がウチからの寄附金を即決したのだと。つまり、有馬君は仲立ちをしただけだというのです。それで私にとりなしてくれと言うので、それは自分ですべきだろうと諭しておきました」

栗林の顔に有馬に対する不信が浮かんだ。田野は何食わぬ顔で続ける。

「有馬君は優秀だし、営業力もあります。私も期待しているからこそ、余計な口をはさんだのですが」

「余計な口ではありませんよ。こういうことは年長者が注意してやることが必要です。貴重な報告、ありがとう。ご苦労さまでした」

田野が立ち上がると、栗林は戸口まで送ってくれた。

廊下に出て扉を閉めると、田野の顔に甘ったるい笑みがこぼれた。次は最後の仕上げだ。

役員フロアからエレベーターで総務部のある三階に下りた田野は、逸る気持を抑えて部長室に向かった。

「田野でございます。先ほど、東京出張よりもどってまいりました。これ、つまらないものですが」

東京駅でわざわざ並んで買ったNYパーフェクトチーズを差し出す。辛いものも甘いものもいける五十川は、最近、このゴーダチーズとラングドシャのスイーツにはまっていた。

「気が利くねぇ」

執務机から立ち上がって、応接椅子を勧めてくれる。東京出張は五十川には知らせていなかった。

「で、東京では何を」

「支店長会議の準備で、酒井君と打ち合わせをしてきました。そこで妙な話を聞いたので、部長のお耳に入れておこうと思いまして」

「何だ」

「新宿営業所の有馬君が、例の須山教授に寄附金の二重取りを仕掛けたのは、五十川部長の差し金だと、仄めかすようなことをあちこちで吹聴しているらしいんです」

眉をひそめた五十川に田野が訊ねる。

「実際はどうなんですか。私は有馬君の単独プレーだと思っていたのですが」

「あのとき、須山さんにタウロス・ジャパンから四千万ほどの寄附金が出ていて、こちらが上乗せした額を出せば、説得できるかもしれないと、有馬のほうから言ってきたんだ」

「でしたら、やはり部長の差し金というのはおかしいですね」

「しかし、どうして有馬はそんなことを仄めかす必要があるんだ。自分の手柄にしておくほうがいいだろうに」

「そこなんですよ。私も腑に落ちなかったので、彼を呼び出して飯を食うついでにそれとなく探ってみたんです。そしたら、どうもこの前『抱月』で会食したときの栗林常務が原因らしいです。あのとき、部長は有馬君を擁護されましたが、常務はどちらかというと否定的でしたからね。彼は常務にマイナス点をつけられるのを気にして、寄附金の二重取りは五十川部長のアイデアということにして、自己正当化を図っているんじゃないでしょうか」

五十川はまさかという顔をしながらも、疑念を抱いたようだった。田野はそれをさらに深めるべく話を進める。

「酒が進むと、彼はしきりに栗林常務のことを気にしていましたからね。直接、弁明したいようなことも言っていました。紀尾中が常務のお気に入りというのも不愉快のようで、盛んに紀尾中をこき下ろしていました」

「で、紀尾中の不祥事は何かわかったのか」

「それですよ。私も悪口ばかり言うのじゃなくて、何かつかんだのかと聞きましたら、自分は東京が長いので、関西の情報が少ないとか、同期の中でも紀尾中のほうが人望があるとか言って、進捗のないことに弁解ばかりするんです」

「頼りにならんヤツだな」

苛立つ五十川に、田野は御意とばかり顔を伏せる。そして、ふと思う。ここで自分が紀尾中の不祥事を探り当てれば、有馬の不甲斐なさがいっそう際立つ。そのとき、ある案を思いついた。

アイデアが閃《ひらめ》くと、田野は「今日はこのへんで」と、そそくさと五十川の部屋をあとにした。

それから、田野は忙しく動きまわり、策略を巡らせ、紀尾中の周辺を調べてまわった。将を射んと欲すればまず馬を射よの戦略で、彼は思いがけないきっかけをつかんだ。ツイているときというのはそういうものだ。さらに調査を進め、自ら足を運んで裏を取り、ネタの確実性とインパクトを高めるために奔走した。

田野は手駒が揃ったところで、五十川に連絡を入れた。

「部長。先日は出張帰りでゆっくりご挨拶もできず、失礼いたしました。もし、お時間があるようでしたら、お食事でもごいっしょさせていただけませんか。ちょっとお耳に入れたいこともございますので」

「どんな話だ」

「大したことじゃありません。例の紀尾中の過去のことです。ちょっと驚くような事実をつかみましたので」

もったいぶった言い方をすると、電話の向こうで焦れる気配が伝わってきた。それでも、田野は慌てなかった。満足してもらえる確信があったからだ。

「実は、以前、紀尾中のせいで、ある患者が亡くなっているらしいんです。いや、亡くなったなんて穏やかなもんじゃない。紀尾中が死なせたも同然の患者です」

35　紀尾中の疑惑

九月に入り、来年度の研究支援の申請に、安富がどのような額を要求してくるか、予断を許さない状況が続いていた。あれからもう一度、平良は阪都大学の生命機能研究センターを訪ねたが、安富はすこぶる不機嫌で、申請の話などとても持ち出せそうになかったらしい。

平良によると、これまでの役員会では栗林が安富の研究を積極的に支持してくれたことが大きかったという。背景には彼女の紀尾中に対する信頼があるとのことだった。それはありがたいが、だからと言って安富が倍額の申請をしてくれれば、とても支持を続けてはもらえないだろう。それでなくても、五十川が有望なシーズで新たに栗林にアプローチしているのだ。なんとか安富に申請額を据え置いてもらうか、できれば少し遠慮してもらわなければ支援の継続はむずかしい。

そう気を揉んでいる紀尾中に、思いがけない人物から連絡が入った。

「紀尾中、元気にしているか。久しぶりに一杯、どうだ」

大阪北部の高槻《たかつき》営業所の所長、原山拓也《はらやまたくや》だった。紀尾中の二期上で、就職活動の折にはOB訪問で世話になった先輩であり、若いころに尼崎《あまがさき》の営業所でいっしょに働いたこともあって、互いに親しい関係だった。

「どうしたんです、急に。珍しいですね」

気軽に応じると、原山の口調が重くなった。

「ちょっとややこしい話があってな。おまえの耳に入れておいたほうがいいと思って」

どんな内容か気になるが、電話で話せないからわざわざ会おうと言ってきたのだろう。

「じゃあ、今夜、梅田あたりでどうですか」

明るく応じると、原山は茶屋町《ちゃやまち》の割烹そばの店を指定した。

午後七時、梅田の北側にあるショッピングモールの三階に行くと、すでに原山が来ていて、半個室の席に陣取っていた。

「原山さん、早いですね。ご無沙汰しています」

「堅苦しい挨拶は抜きだ。まあ、座れ」

取りあえずビールで乾杯し、造りと京生麩《きょうなまふ》の田楽《でんがく》、穴子の天ぷらなどを原山が見つくろった。

「話ってどんなことです」

早めに本題を促すと、原山はラグビーで鍛えた肩幅の広い上体を、紀尾中に近づけて声を低めた。

「田野支店長が、おまえの過去をいろいろ嗅ぎまわってるみたいなんだ。おまえが以前いた営業所を順にまわって」

「何でまた」

「わからん。それでどうやらウチに的を絞ったみたいで、今日を含め先週から三回も顔を出してる。チーフMRの一人を呼びつけて、何やらコソコソ話し込んでた。そいつは元々田野支店長に尻尾《しっぽ》を振ってるヤツだから、俺には何も報告しないが、そいつのチームにいる若手がこっそり教えてくれた。高槻中央病院のからみで、おまえのことをいろいろ調べてるみたいだとな。何かヤバイことがあったのか」

「高槻中央病院ですか。私が高槻営業所にいたとき、担当していたところですね」

思い出すように答えながら、紀尾中はもしかしてと、不吉な予感に囚《とら》われた。高槻は紀尾中が入社後、三カ所目に勤務した営業所だった。

「今日は田野支店長が過去の日報を見せてくれと言うから、どういう理由ですかと聞くと、支店長会議がどうのこうのと言っていたが、明らかに嘘だ。それでおまえがいたころの日報を引っ張り出して、応接室で熱心に読み耽っていた。出てきたときには、いかにも何かつかんだという顔で、ご満悦のようすだったぞ」

「日報ですか。別にまずいことを書いた覚えはありませんが――。いや、そう言えば、ひとつあったかも」

「何だ」

「高槻中央病院に入院していた患者さんが亡くなったとき、告別式に参列したんです。そのことを日報に書いた覚えがあります」

「なんでまた葬式なんかに出たんだ。おまえ、まさか個人の患者の治療に関わったんじゃないだろうな」

「直接ではありませんが、ご遺族に説明したいことがあったので」

「どういうことだ」

原山が焦れたように、手にしていたジョッキを置いた。紀尾中は正確さを期すため、慎重に当時の記憶をたどった。

紀尾中が高槻営業所に勤務したのは、二十代の終わりから三十代はじめにかけての三年間で、MRとして仕事の要領を覚え、懸命に動きまわっていたころだ。

当時の紀尾中は、薬の売り上げを伸ばすために、とにかく医師の役に立つMRになることだけを考えていた。医師の質問には即答し、どんな要望にも応え、呼ばれたらすぐに駆けつける。薬の効果が弱いときにはその原因を探り、副作用が出たら早急に対処法を提案する。

薬の相乗効果や、組み合わせの禁忌など、細かな相談にも的確に応じられるように準備し、治療目的以外の疾患についても、助言できるよう知識を深めた。

自ずと医局での評価は高まり、紀尾中は多くの医師たちから信頼された。薬の選択に迷った医師が、紀尾中に相談することもあった。中にはほとんど丸投げのような形で、紀尾中に処方の内容を頼る医師もいた。当然、紀尾中の売り上げは目覚ましく、北大阪地区だけでなく、社内の売り上げ全国一位を二回続けて記録した。紀尾中が今、思い出しているのは、そんな中で起こったある〝事件〟だった。

患者の名前は忘れもしない。桑江《くわえ》晴子《はるこ》、四十二歳。膠原病《こうげんびょう》の一種であるＳＬＥ（全身性エリテマトーデス）の患者だった。今から十六年前のことである。

ＳＬＥは、自己免疫疾患に分類される疾患で、全身性の炎症と、関節、皮膚、及びさまざまな内臓の障害を引き起こす。中でも特徴的なのは、「蝶形紅斑《ちょうけいこうはん》」という、鼻から両頬にかけて蝶が羽を広げたような形の紅斑（赤いまだら）で、桑江晴子にも典型的な紅斑があった。

主治医の久保田《くぼた》正仁《まさひと》は、当時、四十歳の内科医長だった。一見、名医風だが、実際は見栄っ張りのはったり医者だった。薬の知識も乏しく、日々の研鑽《けんさん》もしない。ただ、オペラ歌手並みのバリトンの声に説得力があって、患者はつい信頼してしまうようだった。

久保田は紀尾中が優秀なのをこれ幸いと、少しややこしい処方になると、すぐに助言を求めてきた。主体性のない久保田は、プライドを傷つけないようにさえすれば、ほとんど紀尾中の勧めた通りの処方をした。しかし、気分を害すると、だれが見てもおかしな処方を変えようとしなかった。

桑江晴子の症状は比較的安定していたが、あるとき、急性増悪となって、関節炎、腎炎、白血球減少などが相次いで現れた。緊急入院となり、久保田はステロイドのパルス療法を選択した。これは注射用のステロイドを５００〜１０００㎎、点滴で三日間投与するもので、緊急避難的な治療と言える。幸い、治療は効果を発揮し、桑江晴子の容態は落ち着いたが、その後、久保田がステロイドを従来の10㎎にもどしたため、ふたたび炎症が強まった。

――どうしたらいいだろう。

相談を受けた紀尾中は、ステロイドの錠剤を40㎎に増量することを提案した。そのとき桑江晴子が服用していたのは、天保薬品のステロイド剤、《プレドノリン》だった。ステロイドを高用量で用いるときは、体重一キロあたり一日０・５〜1㎎とされているから、体重が四十五キロの桑江晴子には、決して多すぎる量ではなかった。

にもかかわらず、彼女は胃穿孔《せんこう》を起こし、緊急手術をしたが、腎炎が悪化して多臓器不全に陥り、死亡した。

久保田は胃穿孔の原因を、ステロイドの増量だとして、治療上、致し方ない選択だったとしながらも、製薬会社のＭＲの強い助言の影響だと、患者の遺族に説明した。明らかな責任転嫁だが、桑江晴子の夫はそれをまともに受け取り、涙ながらにこう言ったという。

――じゃあ、晴子はそのＭＲに殺されたも同然なんですね。

久保田はその話を、どういうつもりか、その日、医局に来ていた紀尾中に単なる経過説明のように話した。

――まあ、ＭＲとしては自社製品を多く使わせるように仕向けるのは、当然だろうからな。

それはちがう。紀尾中は純粋に患者の容態を考え、医学的な判断としてステロイドの増量を勧めたのだ。たしかに危険はあったが、少量のままの投与では、ふたたび急性増悪の状態にもどり、今度は手の打ちようがなくなる危険性のほうが高かったはずだ。

――それにしても、ご主人が悲しんでいたぞ。

夫の嘆きを聞かされ、紀尾中は啞然とし、冗談じゃないと思ったが、これ以上、久保田に反論しても、ぐだぐだと言い逃れを聞かされるだけなのは明らかだった。それで彼は桑江晴子の告別式に参列して、夫に申し開きをしなければと思ったのだ。

当日、告別式の会場に行くと、桑江晴子の夫は悲嘆に暮れ、周囲の目もはばからずに号泣していた。小学生らしい二人の娘も、祖母と思われる女性にすがりついて泣きじゃくっていた。

受付でご主人にお話ししたいことがあると頼むと、親戚筋にも話が伝わっていたらしく、

「あんたが例の製薬会社の人間か。帰れっ」と怒鳴られた。

結局、紀尾中は夫に何も話すことができないまま、火葬場へ向かう遺族を見送らざるを得なかった。

夫の取り乱しようを目の当たりにして、紀尾中は医療に関わることの危うさを突きつけられた思いがした。これ以後、紀尾中は医師に助言を求められても、控えめな意見しか言わなくなった。不満を洩らす医師もいたが、紀尾中は慎ましさを変えなかった。強い助言を求める医師は、要するに自信がないのだ。

少し落ち着いたら桑江晴子の夫のもとへ説明に行こうと思っているうちに、紀尾中は和歌山の営業所に転勤となり、多忙な大学病院と新人の教育を担当させられて、その機会を失ってしまった——。

説明を聞き終えた原山は、まず久保田という主治医に怒りを向けた。

「自分が処方したくせに、ＭＲのせいにするなんて、無責任にもほどがあるな。しかも、それを遺族に言うなんて、医者の風上にもおけんヤツだ。そいつは今どこにいるんだ」

「芦屋で開業してますよ。元々、そっちの出身だったから」

「しかし、ステロイドの増量だけで、胃穿孔が起こるか。ＮＳＡＩＤｓ《エヌセイズ》（非ステロイド性抗炎症薬）を併用していたんじゃないのか」

「おそらく」

「だったらステロイドが原因とは言えないだろう。おまえのせいで患者が亡くなったなんて、言われる筋合いはないじゃないか」

「ですが、ＳＬＥで関節炎があれば、ＮＳＡＩＤｓが処方されていることは、当然、予測しなければならないし、その状態でステロイドの増量が、胃潰瘍から穿孔を起こす危険性も想定内です。だから、私も完全に責任を免れるわけにはいきません」

「そのリスクを久保田という医者に説明してなかったのか」

「もちろんしましたが、久保田先生が言うには、俺はおまえを信頼して処方したんだ、リスクが高かったのなら、もっと強く説明すべきだったと、責任を押しつけてきたんです。たしかにそのことには一理あると感じるので」

「おまえはバカか。そんなことで責任を感じるなんて、お人好しにもほどがあるぞ」

原山はひとごとながら肚に据えかねるように吐き捨てたが、今は久保田に怒っている場合ではないと、姿勢を改めた。

「そんなことより、田野支店長がおまえの過去を調べているほうが問題だな。何の目的もなく、嗅ぎまわるはずはない。おまえに心当たりはないのか」

「田野さんが単独で動いているとは考えにくいですね」

「バックにいるのは五十川部長か」

原山は同情混じりの苦笑を紀尾中に向けた。

「おまえと五十川部長は仇敵同士だからな」

「私はそうは思っていませんが」

「向こうは思ってるさ。イーリアの添付文書の一件以来、部長はいつかおまえをギャフンと言わせることに、密かな情熱を燃やしているようだからな」

「くだらない情熱ですね」

「そういうクールなところが、よけいに部長を苛立たせるんだ」

「そう言えば、五十川部長との関わりでは、特定支援研究の件で少し問題があります」

安富への投資がむずかしくなりかけているところに、五十川が有望なシーズを見つけてきて、特定支援研究の座を安富から奪おうとしていることを説明した。

「安富先生の研究を創薬開発部につないだのは私ですから、五十川部長とは図らずも投資対象をはさんで、競合関係になっているんです。それで五十川部長は自分が見つけてきたシーズを特定支援研究にしてもらうよう、栗林常務に根回しをしたようです」

「それだ」

原山は直ちに納得して、思い出すように訊ねた。

「さっきの話、栗林常務が高槻の営業所長だったときじゃないか。その件は報告しなかったのか」

「してません。するほどのことではないですから」

「五十川部長は彼女におまえの過去を大袈裟にチクって、印象を貶め、安富さんの研究を支援しないように仕向けるつもりじゃないか」

「それとこれとは話がちがうでしょう」

反論してみたものの、栗林が安富を推す背景には、自分に対する信頼があるという平良の言葉を思い出した。

原山が続けて言う。

「特定支援研究の話だけでなくて、単におまえを陥れるために栗林常務を利用する可能性だってあるぞ。彼女も自分が営業所長のときに、そんな不祥事があったと知れば不愉快になるだろう。彼女が問題視すれば、人事課だって無視できなくなる。そうなれば、おまえの人事考課は下げられ、地方へ飛ばされる可能性だってある」

「自分が肩入れしている研究に多額の投資をし、ついでに気にくわない私も左遷できるってわけですか」

紀尾中の他人事のような言い方に、原山は舌打ちをした。

「呑気なことを言ってる場合か。一刻も早く手を打つべきだ」

「どんな手を」

「栗林常務に先に説明しておくんだよ。放っておいたら、五十川部長は栗林常務にどんな報告をするかわからんぞ」

「しかし、こちらが先に動いて余計な説明をすると、却《かえ》って弁解がましくなりませんか」

その可能性は原山も否定できないようだった。考えながら、ふと別のことを思いついたらしく、紀尾中に聞いた。

「おまえがそのＳＬＥの患者に関わった話を、田野支店長はどこから聞きつけたんだろう。俺はもちろん、うちのチーフＭＲだってそんな昔のことは知らんぞ」

「高槻中央病院の関係者ですかね」

「いくら田野支店長でも、いきなり病院に訪ねてはいかんだろう。だれかがきっかけを作ったはずだ。心当たりはないのか」

「さあ――」

桑江晴子のことを知っているのは、病院側の人間と遺族で、いずれも田野とは接点がない。とすれば田野に話を伝えたのは、この件と田野の両方を知っている人物にかぎられる。まさか……。

証拠もないのに、これ以上考えても仕方がないと、紀尾中はかすかな胸の痛みを堪えつつ、改めて原山に頭を下げた。

「いろいろ心配していただき、ありがとうございます。どうするのがいいか、少し考えてみます」

先輩に感謝しつつ、紀尾中は会食を終え、原山と別れた。

正しい選択には熟考が必要だ。しかし、その時間はほとんどなかった。原山と会った翌日、紀尾中は栗林に呼ばれたからである。


天保薬品本社の役員フロアは、機能重視の万代社長の好みで余計な装飾はいっさいない。あるのは重々しい静謐《せいひつ》だけだ。

「失礼します」

紀尾中が扉をノックして常務の部屋に入ると、栗林は眼鏡をはずして、執務机から立ち上がった。

「忙しい身体なのに、呼び出して悪かったわね。どうぞ、そちらに」

応接ソファを勧めてくれたが、笑顔はなかった。五十川の誹謗《ひぼう》ぐらいで自分への信頼は揺らがないという期待は、甘かったようだ。

向き合って座ると、栗林は紀尾中に視線を据え、静かに語りだした。

「あなたの仕事ぶりにはいつも注目しています。問題が生じたときは、そのまま放置したり、うやむやにしたりはしない人だと思っています」

短い前置きのあと、単刀直入に話をぶつけてきた。

「あなたのことである情報が寄せられたの。高槻営業所にいたころのことで思い当たることはない？」

「桑江晴子さんのことですか」

即答した紀尾中に、栗林は、「否定しないのね」という目で、小さなため息を洩らした。

「その情報を持ち込んだのは五十川部長ですか」

「だれが持ち込んだかは重要ではないの。経緯を聞かせてもらえるかしら」

思った以上に冷淡な声だった。紀尾中は弁解口調にならないように、事実だけを淡々と伝えた。

「あなたはどんなふうにステロイドの増量を勧めたの」

「急性増悪の再発を防ぐために、思い切った増量が必要だと言いました。実際、腎機能が低下していましたし、白血球も再度、減少しかけていましたから」

「どうしてそこまで強く言ったの」

「患者さんのためだと思ったからです」

「でも、決めるのは主治医でしょう」

その主治医が頼りないからだと言いたかったが、筋ちがいの抗弁であることはわかっていた。医師がいくら頼りなくても、資格のないMRが口出しをすべきではない。

追い打ちをかけるように、栗林の口から厳しい言葉が出た。

「越権行為だったとは思わない？」

「そう言われれば――、たしかにそうです」

栗林はあきらめの目で紀尾中を見て、今度は露骨なため息を洩らした。

「日報に患者さんの告別式に参列したと書いてあったそうだけど、チーフから報告がなかったからか、わたしは見ていない。できれば、直接、報告してほしかった」

「申し訳ありません」

「問題はご遺族の感情をそのままにしてしまったことね。告別式に参列したのは、やはり疚しいところがあったから？」

「ちがいます。参列したのは誤解を解くためです」

「誤解？」

「ご主人は主治医の説明で、私が患者さんを死なせたように思い込んでいたのです。いくら何でもそれはちがいます。ステロイドの増量は、医学的に見て致し方のないもので、増量しなければSLEの急性増悪で命を落とした危険性のほうが高かったのです。そのことをご理解いただこうと思って」

「じゃあ、なぜ言わなかったの」

「ご主人が取り乱していて、とても話すことができなかったのです」

「時間を空ければ説明できたでしょう」

「そうです。私もそのつもりでいたのですが――」

和歌山への転勤を命じられて多忙になったというのは、言い訳にならない。同じ関西にいるのだし、その気になれば休日に面会することも可能だ。

紀尾中は覚悟を決めて、率直に告白した。

「桑江さんのご主人に説明しなかったのは、気持の上で抵抗があったからだと思います。自分は悪くないのに、なぜ言い訳のようなことをしなければならないのか。それに、あまりに嘆き悲しむご主人を見て、うまく説明できる自信がなかったのかもしれません。それで先延ばしにしているうちに、タイミングを逸したのです。申し訳ありません」

「ご遺族は十六年たった今も、あなたを恨んでいるそうよ。会社としても放置するわけにはいかない。わたしも当時の営業所長として、きちんと謝罪をする必要があるわ」

栗林は自らの進退まで賭けているようだった。潔癖な彼女なら、当然、そこまで考えるだろう。となれば、紀尾中自身も相応の処分を覚悟しなければならない。

「いずれにせよ、今、わたしが得ている情報だけで判断を下すわけにはいかないから、あなたのほうでも確認してもらえる？」

「わかりました」

五十川はどんな伝え方をしたのか。卑怯者めという思いと同時に、情報を五十川に伝えた田野にも怒りが湧いた。そもそも田野はどこから情報を得たのか。

考えを巡らせる前に、ふと平良の悲愴な顔が思い浮かんだ。もしも、これで安富への投資が打ち切りになれば、平良もまた窮地に立たされる。

「栗林常務。ひとつうかがってもよろしいでしょうか」

「何」

「うちと共同研究をしている阪都大学の安富先生への支援ですが、もし私の落ち度が明らかになった場合、安富先生への投資にも影響が出るのでしょうか」

「どうして」

「安富先生の研究は元々、私が創薬開発部につないだものなので――」

言い淀むと、栗林の顔に今までにない険悪な表情が走った。

「わたしが安富先生の研究を支援することに、あなたと何の関わりがあると言うの。バカにしないで。純粋に研究が素晴らしいと思うから推しているだけです。言っておくけど、安富先生への投資は、今、厳しい状況にあります。にもかかわらず、来年度の申請額を今年の倍に増額するかもしれないという話も聞いています。冗談じゃないわ。そんな無茶な申請をされたら、いくらわたしだって強く推すことはできない。万代社長も首を縦に振らないでしょう。ほかに有望な研究シーズがないならまだしも、いろいろと新規の申請もあるのだから」

「五十川部長の推薦する研究者ですか。今回の情報も、そもそも特定支援研究の――」

「関係ないと言っているでしょう。余計な詮索はしないで、まず自分のすべきことをやってちょうだい」

「――承知いたしました。申し訳ありません」

頭を下げる紀尾中を無視して、栗林は席を立ち、見向きもせずに執務机にもどった。

紀尾中は最後に軽率な問いを発したことを悔いながら、堺の営業所にもどった。すんでしまったことは仕方がない。あとは状況を挽回すべくベストを尽くすだけだ。

気持を前に向けて所長室に入ると、鞄《かばん》の中でスマホが震えた。発信者を確認すると、平良だった。

「もしもし、どうした」

「安富先生が、来年度の研究支援の申請書を出してきました。まだ締め切り前やのに」

平良の声はほとんど悲鳴に近かった。紀尾中は九分九厘、期待を捨てて確認した。

「で、申請額は？」

「二百五十億円。今年度の二倍強です」

＊

「ワハハハハ。部長、お聞きになりましたか。阪都大学からの研究支援の申請額」

田野の明け透けな笑い声が、薄い壁にピンボールのように跳ね返った。北新地の安めの割烹の二階個室である。向かいに座った五十川も、田野が注いだビールを口に運び、にやりとする。

田野が浮かれた調子で続ける。

「安富のジイさんも、いよいよ耄碌《もうろく》してきたみたいですな。創薬の見通しも不明のまま、二倍強の支援要請。空気が読めないにもほどがありますよね」

「大学にこもりきりだから、世間を知らないんだ。研究バカだよ」

「噂では、いつノーベル賞受賞の報せが届いてもいいように、スピーチや記者会見用の服まで準備しているそうです。自分の研究がどれほどすごいと思ってるんですかね」

「安富さんの申請も笑ったが、紀尾中の患者殺し疑惑も効果絶大だったぞ」

「そうですか。エヘヘへ」

田野は主人にほめられた丁稚《でっち》のように頭を掻いた。

「栗林常務はお怒りでしたか」

「はじめは不審そうにしていたが、患者の遺族が今でもまだ紀尾中を恨んでいると話したら、顔色を変えてな。ふだんから患者に寄り添うことが第一なんてきれい事を言ってるもんだから、捨てておけなかったんだろう。すぐさま紀尾中を呼びつけて事情を聞いたようだ。紀尾中がどう答えたか知らんが、そのあと常務はものすごく機嫌が悪かったから、きっと下手な言い訳をして、火に油を注いだにちがいない」

「そうですか。いや、遺族の夫は怒ってましたからねぇ。大事な奥さんを死なされたんですからね。何年たとうが、悲しみも怒りも薄れるはずありませんよ。アハハハ」

言いながら、田野はとってつけたような笑いを洩らす。実はかなり話を盛って五十川に伝えたのだが、効果があったのならかまわないと、自分をごまかした。

「これで栗林常務も紀尾中を見限るでしょうね。となれば、安富さんの無謀申請と相まって、特定支援研究の座は新藤先生に決まりですね」

「そうだな」

「私も部長のお役に立てて嬉しいです。栗林常務がそんなに不機嫌になったのなら、もしかしたら、紀尾中の左遷、いや、場合によったら退職にまで追い込めるかもしれません」

「そううまくいくかな」

「いきますって。栗林常務は潔癖で通ってるんですから。あの正義の味方面した紀尾中がいなくなれば、我が社もすっきりしますよ」

田野は自分の手柄を最大限に膨らませ、出る釘を打つのも忘れない。

「新宿営業所の有馬君も頑張ったようですが、結局、何もつかめなかったみたいですね。彼、目端は利くんだけど、どうも口先だけってところがありますからね」

田野が東京で会ってから、有馬はまだ大阪へは来ていなかった。

「そう言えば、有馬は来週、また大阪に来ると言っていたな。何の用事で来るんだろう」

「ほう、有馬君がまた大阪に」

田野はとぼけて応じながら口元を緩めた。これで有馬はさらに墓穴を掘るだろう。

「それにしても、君はよくあの用心深い紀尾中の疑惑を探り当てたな。日ごろの人心掌握の賜というところか」

「恐れ入ります。今日はその協力者を呼んでおります」

田野が上目遣いに含みを持たせた声でささやいた。

やがて、個室の襖が開き、遅れてやってきた男が戸口に立った。ここまで来てまだ迷いの吹っ切れないようすで、入るのを逡巡《しゆんじゆん》している。

田野が座卓から見上げるようにして、入室を促した。

「よく来てくれた。さ、ここへ座って。遠慮することはないよ、池野君」

池野慶一は硬い表情のまま、田野の横に腰を下ろした。

「池野君か。ん？　どこかで会ってないか」

五十川が聞くと、横から田野が説明した。

「代謝内科学会総会のあと、部長が私といっしょに堺営業所に行ったときですよ。たしか、池野君の質問に、なかなか目のつけ所がいいと、部長はほめておられましたよ」

「そう言えばそんなことがあったな。まあ、一杯どうだ」

五十川が瓶ビールを取って、池野のグラスに注いだ。池野は一瞬、身を強張らせたが、五十川と田野がグラスを上げると、おずおずと乾杯に応じた。

「今回は田野君に協力してくれたそうで、私からも礼を言うよ。君だって紀尾中の下にいて、いろいろ苦労してるんじゃないのか」

「いえ、そんなことは」

「どうした。元気がないな。まあ、いい。今日はゆっくりしてくれ」

「君が皿を空けないと、次が来ないんだから」

田野に勧められて、池野は用意されていた先付けに箸をつけた。

「君は以前、紀尾中とは高槻の営業所でいっしょだったらしいな。例の話を聞いたのはそのときか」

「はい――。紀尾中さんが和歌山に転勤する前に、私にも注意するようにと、話してくれたんです。私は売り上げを伸ばすことにかかりきりでしたので」

五十川の問いに、池野は言葉を途切れさせながら答えた。

「この池野君は優秀なMRですよ。チーフになったのも早かったしね。何年目だっけ」

「十二年目からです」

「それはスピード出世だ」

五十川が目を細めた。

そのあと田野がバスター5のガイドライン収載に関わる池野の働きを、まるで見てきたようにほめ、しきりに池野を持ち上げた。池野はほとんど顔を上げず、黙々と箸を動かしていたが、料理の味もわかっていないようだった。

池野が迷いを吹っ切れずにいるのを見ると、五十川が改まった調子で訊ねた。

「君は紀尾中のことをどう思っているのかね。率直なところを聞かせてくれるか」

返答を待つ。

「所長のことを、ですか」

「遠慮せずにお答えすればいいんだ」

即答しない池野に焦れて、田野が口をはさむと、五十川が右手で制した。そのまま黙って返答を待つ。

「私は、紀尾中さんを目標にして頑張ってきました。医者に無理難題を突きつけられても感情的にならず、いつも笑顔で対応するのはすごいなと思ってきました。でも、何て言うのか、ちょっと理想的すぎるところもあって、首を傾げるときもありました」

「たとえば？」

「MRの本分は、やっぱり薬の売り上げを伸ばすことだと思うんです。患者のことを優先するのも大事ですが、売り上げにつながることが前提じゃないでしょうか。でも、紀尾中さんは、会社にマイナスになっても、患者の利益を優先しろみたいなことを言うので」

「そうだ。紀尾中はそういうお利口ぶるところがあるんだよ」

田野はまた余計な合いの手を入れたが、今度は五十川も止めなかった。

「で、君はそのことを紀尾中におかしいと言ったのか」

池野が小さく首を振る。田野が池野の世話役よろしく、五十川にまくしたてた。

「池野もずっと悩んでたんですよ。紀尾中は池野が最初に赴任した営業所の先輩で、紀尾中も彼をかわいがっていたから、ついていくしかなかったんです。私はそのあたりの心情が痛いほどわかっていましたから、呼び出して話を聞いてやったんです。そしたら、苦しい胸の内を打ち明けてくれましてね。いくらきれい事を言っていても、紀尾中にだって人に言えないことがあるだろうと水を向けると、例の患者殺しの話が出てきたわけで」

「いや、あれは主治医が責任転嫁しただけのことですから」

池野が慌てて訂正した。

「紀尾中の肩を持つことはないだろ。亡くなった患者の遺族は、今もまだ紀尾中を恨んでいるのだからな」

「そうなんですか」

五十川の言葉に、池野は意外そうに顔を上げた。横から田野が唾を飛ばさんばかりに言い募った。

「そうだよ。私が直接、話を聞いてきたんだから。最愛の奥さんを死なされたご主人は、紀尾中さえ余計なことを言わなければ、妻は死なずにすんだのにと涙を流していたよ。あいつは口では善人ぶったことを言いながら、裏では出すぎた真似をして、患者を死に追いやったんだ」

池野はまだ踏ん切りがつかないようだった。田野は焦れて強い口調で説得にかかった。

「だから、紀尾中なんかについていっても、いいことは何もない。製薬会社だって結局は人事だ。人事は人が決める。有力な人がな。五十川部長は、将来、必ず社長になられるお方だ。その部長が君を買ってくださってるんだ。君だって一生MRで終わるつもりはないだろう」

池野が顔を上げ、五十川を見た。最後のひとことが効いたようだ。だれが医者にへいこらしながら、薬のセールスで一生を終わりたいと思うものか。

「五十川部長は、紀尾中さんの下にいた私でも目をかけてくださるんですか」

「もちろんだ。私は君に期待している」

池野が感極まったように頭を下げる。決まりだ。彼を籠絡《ろうらく》した自分の手腕も評価されるだろうと、田野は五十川に視線を移した。

五十川が池野のグラスにビールを注ぐ。池野が恐縮して両手で受けると、五十川が自分のグラスをそれに当て、気持よさそうに飲み干した。

「ついては、君にひとつ頼みたいことがある」

同じくグラスを空にした池野に、さらに注ぎながら五十川が言った。

「十二月の役員会までに、紀尾中がどんな動きをするか、内密に教えてほしいんだ。ヤツのことだから、まだ何かしぶとく画策するやもしれん。特に安富ワクチンに関わる動きをね」

田野が満足そうに横を見ると、池野は忠実な部下の顔で頭を下げた。

36　裏切り者

月曜日の朝。いつも通り早くに出勤してから、かれこれ半時間がたつ。桑江晴子の夫に連絡しなければならないが、告別式で取り乱していた姿が思い出され、紀尾中はなかなかスマートフォンを手に取れずにいた。

夫の名前はたしか、潔《きよし》。住所も変わっていないようで、連絡先はＮＴＴの番号案内ですぐにわかった。潔は今も自分を恨んでいるという。面会を申し込んでも、言下に拒絶されるか、怒号と恨み節を聞かされるのではないか。自分らしくもないと思うが、いやな想像ばかりが浮かぶ。

ノックが聞こえ、池野が顔を出した。

「所長。そろそろ全体ミーティングをお願いします」

「もうそんな時間か」

紀尾中はスマートフォンを机に置いたまま、ミーティングエリアに急いだ。

「待たせてすまない。じゃあ、報告をはじめてくれ」

「では、ワシのところから」

いつも通り、最年長チーフの肥後が口火を切った。発言者に目を向けているが、紀尾中の耳はほとんど働いていない。殿村のチームが終わり、池野のチームも最後の市橋が発言を終えても、紀尾中は上の空のままだった。

「うわっ」

いきなり肥後が大声を出した。

「どうしました」

紀尾中がぎょっとして聞くと、「どうしたは、こっちのセリフでっせ」と、肥後があきれた。

「所長が心ここにあらずになるやなんて、よっぽどの重大な気がかりですか」

「実は――」

桑江晴子の問題は口にできない。とっさに今ひとつの気がかりに話を変えた。

「安富先生の件なんだ。例の安富ワクチンの研究が滞っているにもかかわらず、来年度の研究支援に二倍強の申請をしてきたんです」

「創薬開発部の平良が担当してるヤツですな。こら、みんなで知恵を絞らなあきませんな。

殿村、なんかええアイデアはないんか」

　肥後に名指しされた殿村は、目をしばたたき、不審の顔を肥後に向けた。

「どうして私にアイデアがあると思うんですか」

「君は前に琵琶で思わぬ活躍をしたやろ。今回もあっと驚くアイデアを出してくれるかと思うてな」

「残念ながら、安富先生の研究に琵琶は役に立たないと思います」

　殿村のチームの緒方が、「僕の浪曲もお役に立てないでしょうね」と、申し訳なさそうに言う。

　それを無視して、池野のチームの山田麻弥が市橋に声をかけた。

「市橋君は薬学の修士を出てるんでしょ。何か打開策はないの」

「修士は出ましたけど、免疫関係は畑ちがいですよ。僕は代謝生理化学ですもん」

「役立たずね」

「そんな言い方って――」

　市橋が抗議しかけると、肥後が「ここでもめるな」と右手を振った。いつもなら池野が止めるところだが、彼はさっきから目線を下げたまま黙っている。紀尾中が不審に思うと、肥後がいつになくまじめな顔で言った。

「ちょっと思たんですけど、安富ワクチンの問題は、アイソトープを結合させた抗体が、がん細胞に留まる時間が短いということですやろ。そやから、長時間留まらせる方法をと考えてはるようやけど、発想を変えたらどないですか」

「どんなふうに」

「留まる時間が短《みじこ》うても、がん細胞を殺せる放射線を出すアイソトープを結合させたらええんとちがうんですか」

「それは安富先生も考えていたようだが、強い放射線を出すアイソトープは抗体に結合させてもすぐはずれるらしい」

「そうですか……」

肥後が落胆すると、市橋が名誉挽回とばかりに声をあげた。

「抗体とアイソトープをつなぐのはリンカーですよね。安富先生が使っているのはアメリカのリンカーテクノロジーじゃないですか。この前、奥洲《おうしゅう》大学で新しい技術が開発されたと、『薬事新報』に出てましたよ。それを使えば、強い放射線を出すアイソトープを結合させられるんじゃないでしょうか」

安富は知っているのだろうか。権威主義的な彼は、薬剤師向けの雑誌など読んでいないかもしれない。それが突破口になるかどうかはわからないが、提案してみる価値はありそうだ。

「市橋君。その情報を詳しく調べてくれ」

さっきまで顔を伏せていた池野が、深刻な目を市橋に向ける。

「池野君。何か意見があるのか」

紀尾中が聞くと、「あ、別に何も」と、慌てたように目を伏せた。


市橋からの情報で、もしかしたら問題がクリアできるかもしれない。そう思いながら所長室にもどると、机の上のスマートフォンが目に入り、紀尾中はふたたび暗い気持になった。ため息まじりに席に着くと、スマートフォンが震えた。ディスプレイに表示された名前は平良耕太だ。またよくない報せかと通話ボタンを押すと、存外、明るい声が飛び出した。

「朗報です。安富ワクチンが、胃がんにも有効な可能性が高まりました」

どういうことかと聞くと、安富ワクチンが反応する「ＥＹＣ９」というタンパク質に似た物質が、胃がんにも発現していることがわかり、安富ワクチンを少し変えたら、抗体が胃がんの細胞に取り込まれたとのことだった。

これまで有効とされた腺様嚢胞がんは、年間の患者数が六千人前後であるのに対し、胃がんは毎年の罹患者が約十二万人に上る。当然、薬の売り上げも一気に増える計算になる。

「たしかに朗報だな。平良、こっちにもいい話があるんだ」

紀尾中は今聞いたばかりの市橋からの情報を平良に告げた。平良は「それは知りませんでした」と、電話の向こうで指を鳴らした。

「今の安富ワクチンは、テクネシウム96を使ってますが、ストロンチウム89やイットリウム90が安定的に結合できれば、短時間排泄の問題はクリアできるかもしれませんね。それがうまくいけば、次はいよいよヒトを対象とした臨床試験ですよ」

「そうだな」

力強く応じてから、紀尾中は用心深くつけ足した。

「わかってると思うが、この話はまだ極秘だぞ。役員会までに洩れて、ライバルの研究に妨害されるといかんからな」

「もちろんです。敵は本能寺ではなく、社内にありですからね」

通話を終えたあと、営業所のスタッフにも箝口令《かんこうれい》を敷かなければと思った。

そのあと、紀尾中はようやく電話のアプリを起動した。時刻は午前九時四十分。この時間だと桑江潔は出勤して家にいないかもしれない。それなら留守電にメッセージを吹き込んでおけばいい。

紀尾中が桑江宅の番号を押すと、十回のコールでもつながらず、十二回目でやっと通話になった。「ただいま留守にしております――」というメッセージを期待したら、「もしもし」

と、これ以上ないほど不機嫌な男の声が聞こえた。

　思惑がはずれ、紀尾中は一瞬、言葉に詰まったが、なんとか自己紹介をして、用件を切り出した。


　土曜日の午後、紀尾中は栗林とともに、桑江潔のマンションに向かった。

　その二日前の夜に、紀尾中は謝罪と説明をするために桑江宅を訪問していた。相当な覚悟で出向いたのだが、相手の反応は意外なものだった。それを栗林に伝えようと思ったが、五十川からは正反対のことを聞かされているだろうから、直接、潔から話を聞いてもらえないかと頼んだのだった。

「あなたがそう言うのなら、土曜日でも日曜日でも、喜んで話を聞きに行きます。この件は重大だから」

　栗林は必ずしも気を許したわけではないという顔だったが、同行を承諾してくれた。

　桑江潔の自宅は、阪急京都線の高槻市駅から歩いて十分ほどのマンションだった。オートロックを解除してもらい、エレベーターで四階に上がると、潔が扉を開けて待っていた。

「またお出でいただいて恐縮です。どうぞ。狭いところですが」

　気さくな調子で迎えてくれる。潔は元々は明るい性格らしかった。

リビングに通ると、女性が紅茶とクッキーでもてなしてくれた。晴子が亡くなったあと、潔は八年前に再婚したとのことだった。

栗林を紹介したあとで、紀尾中は改めて潔に頭を下げた。

「先日、うかがったお話を、もう一度、うちの常務に話していただけませんでしょうか」

「承知いたしました」

潔が栗林に語ったのは、およそ次のようなことだった。

十六年前、晴子が亡くなったとき、主治医の久保田からMRの強い勧めでステロイドを増量したため、胃に穴が開き、多臓器不全に陥ったと聞いた。MRは自社の売り上げを伸ばすことしか考えないからと言われ、ずっと紀尾中を恨んでいたが、その後、潔自身が糖尿病になり、高槻中央病院の丸《まる》医師の治療を受けた。久保田はすでに退職していたが、たまたま晴子の話になって、MRのせいで亡くなったも同然だと言うと、丸は晴子のことを覚えていて、「それはちがう」と事情を説明してくれた。晴子のSLEは重症で、急性増悪のあと、ステロイドを増量しなければ、SLEの再増悪で命を落としていた可能性が高い。だから、MRの助言は正当なものだったというのだ。それなら、なぜ久保田はあんなことを言ったのか。丸は少し考えて、責任逃れだろうと言った。

その後、潔は自分でもいろいろ調べて、晴子の病状が治療困難なものだったことを納得した。それで紀尾中を恨むこともなくなっていたのだが、十日ほど前、天保薬品の大阪支店長という人がやってきて、晴子のことをいろいろ聞き出した。潔が最初はMRを恨んでいたと言うと、支店長は、「それはひどい」と独り合点したようすで、帰ろうとするので、今は誤解だったと納得していることを伝えようとしたが、「いいです。これで十分です」と、そそくさと引き揚げた。いったい何のことかと思っていると、紀尾中から連絡があったのだという。

「あのときは突然、お電話してすみませんでした」

「こちらこそ失礼な応対になってしまって」

紀尾中が電話をしたとき、潔は風邪で寝込んでいて、あいにく妻も外出していたので、しつこいベルに苛立って、不機嫌な声になってしまったというのだ。

栗林が改まって訊ねた。

「では、亡くなられた奥さまのことに関して、桑江さんは弊社のMRにお怒りではないということで、よろしいのでしょうか」

「もちろんです。どうぞご心配なく」

「ありがとうございます」

ていねいに頭を下げてから、ちらと紀尾中に視線を向けた。すべて解決、問題なしという目だった。

元来た道を帰る足取りは軽かった。紀尾中のスマホにＬＩＮＥの連絡が入った。

「原山所長が、営業所で待ってくれているようですが、常務はどうされます」

「そうね。久しぶりだから寄っていこうかしら」

天保薬品の高槻営業所は、栗林が所長をしていたときと同じビルだった。高槻市駅前のオフィスビルの二階。土曜日で人気のない営業所に入ると、栗林は懐かしそうにあたりを見まわした。

「お待ちしていました。いかがでした」

原山が所長室から出てきて、笑顔で栗林に問うた。

「紀尾中君には問題なし。完全無罪というところね」

原山が紀尾中を見て互いにうなずく。

栗林は所長室の応接椅子に座り、「ふう」と息をついた。原山が紀尾中に言った。

「おまえ、丸先生を覚えてるだろ。今は高槻中央の副院長になってる」

「今回の件は、丸先生に助けられましたよ」

「俺も話を聞いてみたんだ。そしたら丸先生は怒ってた。桑江さんの胃穿孔は、前日の夕方から兆候があったらしい。ところがその晩、看護師との飲み会があったので、久保田は検査を翌日にまわした。そのせいで全身状態が悪化して、治療が後手にまわったんだ」

「じゃあ、その久保田って医者が、飲み会を優先して患者を死なせたってわけ？　信じられない」

栗林が義憤に駆られて首を振った。

「久保田はそれが疚しくて、紀尾中に責任を押しつけたんだろうと、丸先生は言ってた」

「わかりました。今回のことは、ご遺族が理解を示している以上、何の問題もないわね。あるとすれば、ガセネタを持ち込んだほうだわ」

原山と紀尾中が会心の笑みを交わす。これで五十川は誹謗の企みが覆されただけでなく、栗林からの評価も大きく下がるだろう。

そのあと、原山と紀尾中は祝杯を挙げに梅田に繰り出した。栗林は「夫と子どもたちが待っているから」と、帰路についた。


十月に入ると、紀尾中は平良とともに、何度も阪都大学の安富のもとを訪れた。市橋からの情報を伝えると、安富はむずかしい顔で考え込み、首を縦にも横にも振らなかった。

紀尾中はその後も自分の力の及ぶかぎり、あちこちに協力を求め、さらなるアイデアを募り、安富ワクチンの完成を急ぐよう働きかけた。臨床試験まで漕ぎ着けられなくても、少なくとも役員会の当日までに、完成の目途だけでもつけたい。

しかし、なかなか結果は得られなかった。

＊

十一月一日。田野が出勤してパソコンを立ち上げると、受信トレイに本社からメールが届いていた。発信者は人事課長。件名は「異動内示（親展）」。

田野はディスプレイに向かって微笑み、シュシュッと音を立てて両手を擦り合わせた。いよいよ本社に呼びもどされるのか。部署はどこか。肩書きは何か。もしかして、いきなり部長かも。早すぎる？　そんなことはない。五十川だって今の自分の歳で部長になったのだ。

今回、新藤マサルの研究が、特定支援研究に選ばれれば、その功績で五十川の役員昇格も現実味を帯びる。もしかして、もう決まったのか。それで総務部長が空席になるので、自分がその後釜に座るのか？

田野は込み上げる笑いを堪えながら、鼻歌まじりにメールを開いた。

『内示。大阪支店長　田野保夫殿　本年十二月一日付で、大阪支店長の任を解き、山陰地区支店長への異動を発令します』

見まちがいか？　こめかみに脂汗がにじんだ。

山陰地区支店長――。米子市《よなご》にある山陰地区支店は、長らく支店長が空席になっているところだ。鳥取、松江《まつえ》、出雲の営業所は、広島市の山陽地区支店が兼務でカバーしている。なぜ自分がそんなところに行かなければならないのか。しかも、十二月一日の発令だと。まるで懲罰人事ではないか。

田野は取るものも取りあえず、大阪支店を飛び出してタクシーをつかまえた。

道修町《どしょうまち》の本社に着くと、田野は周囲が飛び退《の》くほどの勢いで総務部長室に向かった。震える手で扉をノックし、返事も待たずに開けると、応接椅子に先客がいて、驚いた顔で振り向いた。堺営業所の池野だ。五十川は向き合うように座っている。

田野は「あっ」と声をあげたが、かまわず五十川に向かって気をつけの姿勢を取った。

「ぶ、部長――」

息が上がって、言葉が続かない。五十川が眉間の皺を深めて言った。

「いきなり何だ。面談中だぞ」

叱責されると、ふだんの習性で却って落ち着く。

「申し訳ありません。しかし、部長、先ほど本社の人事課から、とんでもないメールが参りましたので」

五十川は何も言わない。今の言い方では何のことかわからないだろう。田野は吐息を震わせて続けた。

「人事異動の内示です。来月一日付で、山陰地区支店の支店長に異動させるというのです。これはいったい、どういうことなのでしょう」

五十川が驚きの反応を示してくれることを期待した。だが、彼はフンと鼻をひとつ鳴らしただけだった。

「知ってるよ。人事課の意向だ」

「なぜです。こんな内示を受ける覚えはありません。私がいったい何をしたというんです」

「自分の胸に聞いてみろ」

これまでにない冷ややかな声だった。

「思い当たることなど何もありませんよ。五十川部長。私に悪いところがあったのなら、改めます。どうかおっしゃってください。お願いします」

低頭したまま気をつけの姿勢を崩さずにいると、五十川の鋭い舌打ちが聞こえた。

「今も言ったが、面談中なのがわからんのか。内示に不服があるなら人事課に言え。おまえの言い分が通れば、辞令を改めてくれるだろう。だがな、次の辞令には支店長の肩書きが消えているだろうから、覚悟しておくんだな」

「そんな……」

いったい、なぜこんな仕打ちを受けなければならないのか。これまで五十川には、命がけで尽くしてきたつもりだ。五十川のために意のままに動いてきたはずだ。なのに、いったいなぜ――。

田野は今にも崩れ落ちそうな足取りで、総務部長室から出ざるを得なかった。人事の内示を断れば、次はさらに厳しいものになるのはわかっている。彼は放心状態で支店にもどったが、自分がどのようにして帰ったか、まるで記憶になかった。

＊

「とんだ茶番を見せてしまったな。田野はいろいろ面倒を見てやったのに、恩を仇で返すようなことをしおって」

五十川が苛立ちの余韻で不機嫌そうに言った。池野が畏まって頭を下げると、五十川は気持を落ち着けるように、ひとつ深呼吸をした。

「君は新宿営業所の有馬君を知っているか」

「お名前だけですが」

「協堂医科大学の須山の件で、田野は有馬をそそのかして、栗林常務に私が寄附金の二重取りを画策したように言わそうとしたんだ。そして私には、有馬が私を陥れようとしていると注進した。有馬に対する私の評価を貶めようとしてな。ところが、有馬は賢いから、栗林常務のところに行く前に、私に田野の話を確認しに来た。それであとで確かめると、田野は栗林常務にも根回しをしていたことがわかった。まったく愚かなヤツだよ」

池野が神妙にうなずく。

「それだけじゃない。紀尾中が過去に患者を死なせた可能性があるという話、あれは元々、君が田野に話したことらしいが、田野が詳しく調べて、遺族は今も紀尾中を恨んでいると、私に報せてきた。それを真に受けて栗林常務に報告したら、彼女が直々に遺族を訪ねて、まったく別の話を聞いてきた。恨んでいたのは最初だけで、別の医者から事情を聞いて、誤解が解けたらしい。私は常務に呼ばれて、確たる証拠もないのに、社員を陥れるような情報は厳に慎むようにと叱責された。それもこれも、目先の判断で都合のいいことばかり言う田野のせいだ。あいつのおかげで、紀尾中を追い落とすどころか、こっちに大きな失点がついちまった」

「それなら田野さんの左遷は当然ですね。支店長のポストに残しただけでも、慈悲深いと言えるのではありませんか」

「その通りだ」

五十川は憤然と鼻息を洩らし、改めて池野に向き合った。

「それで、今日、君の話というのは何だ」

池野は姿勢を正し、落ち着きのない視線を漂わせてから意を決したように言った。

「実は安富ワクチンの問題点を克服するために、新たなアイデアが出ています」

「どんなアイデアだ」

市橋の情報を説明すると、五十川は池野を見つめ吟味するように唸った。

「――有力な候補は見つかっているのか」

「そこまではまだ」

「見つかりそうになったら、すぐ報せてくれ。役員会で持ち出されたときに、反論する材料を揃えておく必要があるからな」

「わかりました」

池野は上目遣いに頭を下げ、席を立った。五十川が目尻に人懐こい皺を寄せて言った。

「私がなぜ君に目をかけているかわかるか」

「――いえ」

「後継者を育てるためだよ」

池野の顔に戸惑いが浮かび、やがて表情を輝かせる。

「トップを目指す者は、その先のヴィジョンも視野に入れる必要がある。私にとってトップになることは通過点にすぎない。だから、退いたあとのことも今から準備しておくのだよ」

池野はこれ以上ないような感動の面持ちで五十川を見る。その耳元に、五十川が顔を近づけてささやいた。

「君には期待しているよ」

「ありがとうございます」

額が膝につきそうな勢いで最敬礼をする池野に、五十川はダメ押しの声をかけた。

「このことは、ぜったいに他言無用だぞ」

「もちろんです」

池野が退出したあと、五十川は執務机にもどって思う。これであいつも俺の手駒だ。他愛ない。有馬にも同じセリフを言ったが、若い池野なら有馬以上に舞い上がるのも当然かもしれない。

ほくそ笑みながら、五十川はさっそく安富が新たに使いそうなアイソトープを調べるよう心づもりをした。

37　社長万代の決断

天保薬品本社ビルの十二階の役員フロアには、役員会用の会議室が設えてある。

華美な装飾はないが、中央に鎮座する二十人掛けの大テーブルは、マホガニー製の重厚な造りで、部屋の雰囲気を厳粛なものにしている。

毎年十二月、この部屋で特定支援研究への投資を決める役員会が開かれる。

万代智介社長の方針は、研究開発費は有望な研究に重点的に配分すべきというもので、特定支援研究には全体のおよそ五分の一が配分されていた。ここ八年、連続でその対象に選ばれてきたのが、阪都大学の安富匡の研究だった。

ところが、安富の研究は二年間、進展が見られず、臨床試験に進む目途も立たないことから、特定支援研究を変更すべきではないかという意見があると、栗林から報告があり、万代の判断で、新たな研究シーズの提案者と、安富の研究の共同研究者が、それぞれ役員会でプレゼンを行い、意見を交換することになった。

十二月十五日、午後四時。

会議室の上座には万代が座り、厳しさと温厚さを備えた怜悧な目で出席者を見渡していた。万代は現在、六十八歳。社長の座について八年が過ぎているが、まだまだその地位は安泰と見られている。慎重、寡黙にして、動くときは迅速かつ大胆。白髪の交じる豊かな髪を後ろに撫でつけた知的な風貌には、自ずと威厳と思慮深さが備わっている。口にするモットーは『常に患者ファーストを心がけよ』。

万代の両側には、栗林を含む十六人の取締役と執行役員が左右に分かれて座っている。手前にプレゼン用のスクリーンが下ろされ、右の末席に五十川、左に平良とオブザーバーとして紀尾中が控えていた。

役員会に臨む前から、五十川は新藤マサルの新薬、《メガプリル》が特定支援研究の座を奪い取ることに自信満々だった。なにしろ好条件が揃っている。メガプリルには魅力的な効果が見込めるのに対し、安富ワクチンは研究が滞っている上に、研究支援の申請額も無謀とも思える二倍強だ。万一、紀尾中が研究停滞の解決策を出してきても、こちらは池野からの情報で反撃の準備を整えている。飼い犬に手を嚙まれたときの顔が見ものだと、五十川は反対側にいる紀尾中に優越感あふれる視線を送った。

一方、安富ワクチンのプレゼンを任された平良は、不安を隠せない表情だった。胃がんに効果がありそうなのは朗報だが、収益面での期待値を比較されると、明らかに不利である。研究の壁になっている問題の解決も、紀尾中らが懸命に協力してくれたものの、思うように実験が進まず、最後の確認待ちという状況で、役員会の当日を迎えてしまった。

「例の実験、間に合うんでしょうか」

「わからない。信じて待つしかない」

紀尾中にも予測はつかないようだった。

「では、準備はいいかな」

万代の厳かな声が響き、役員たちが居住まいを正した。

先にプレゼンに立ったのは五十川だった。五十川はスクリーンの横に進み出ると、パワーポイントの画像を示しながら説明をはじめた。

「天王寺大学循環器内科、新藤マサル准教授が新たに開発したACE阻害剤、メガプリルは、降圧剤でありながら、認知症の予防効果があるという点で、まさに画期的な新薬と申せます。そのメカニズムは、ACE阻害剤が持つ脳神経細胞に対する保護作用で、マウスの実験では、明らかな脳実質の萎縮抑制が実証されております」

スクリーンに、対照群に比べ、脳の実質が保たれているマウスの脳の断面図が映し出される。

「高血圧で治療を必要とする患者数は、厚労省の調査で、現在、九百九十三万七千人という数字が出ております。その大半を占める中高年の患者は、認知症の予備軍でもありますから、メガプリルが新薬として認可されますと、処方量は膨大なものとなるでしょう。現在、高血圧学会及び、認知症予防学会の理事らに接触して、高血圧の基準値の引き下げと、認知症予備軍の範囲拡大を図るよう、働きかけを行っているところでございます。これにより、メガプリルの初年度の売上見込みは一千二百億円。新たなブロックバスターになることは、ほぼ確実と思われます」

役員たちはスクリーンと手元に配られた資料を見比べながら、うなずいたり、となりの役員と密かな会話を交わしたりしている。

「創薬までのロードマップはすでに完成しており、支援継続の期間は、五年を想定しております。初年度の申請額は百二十五億円、でございます。当社の特定支援研究には、このメガプリルをおいてふさわしいものはないと、声を大にして申し上げたいと存じます」

五十川は安富の申請額を意識して「百二十五億円」に力を込め、晴れ晴れした表情でプレゼンを終えた。

「今の説明について、質問、または意見はあるかね」

万代が役員たちを見渡すと、財務担当の常務が手を挙げた。

「生活習慣病の患者は多いですし、降圧剤は一度のみはじめたら、長期にわたるケースがほとんどですから、収益を考えた場合、有望なシーズではないでしょうか。海外でも降圧剤は軒並みブロックバスターになっておりますからね」

続いて、海外事業担当の執行役員が発言した。

「新聞のアンケートで、四十代より上の世代は、なりたくない病気の一位に認知症を挙げておりました。認知症の予防効果が認められるなら、さほど血圧が高くない人でも服用するのではないでしょうか」

五十川が笑みを浮かべながら目礼を送る。二人は明らかに根回しを受けているようだった。

「よろしいでしょうか」と、紀尾中が挙手して発言を求めた。五十川が反射的に、「君はオブザーバーだろう。役員でもないのに発言は無用だ」と制した。紀尾中が正面に目を向けると、万代はひとつうなずいて、「だれであれ、意見がある者は言えばいい」と発言を許可した。

「ただいま五十川部長は、高血圧学会や認知症予防学会に接触して、薬の処方増大につながる働きかけをしているとおっしゃいましたが、これは言わばマッチポンプで、不要な患者にも薬を押しつけることにならないでしょうか」

五十川も許可を求め、余裕の表情で答えた。

「高血圧の基準を下げるのも、認知症予備軍の範囲を広げるのも、ひとえにより安全な状況を目指すものであり、医学的なデータに基づいた根拠のある判断です」

「それならなぜ当方から働きかけをする必要があるのですか。高血圧学会には、降圧剤を出している製薬会社から、多額の寄附が渡っていると聞いていますが」

紀尾中が追及しかけると、万代がそれを制した。

「紀尾中君。今はそういう議論をする場ではない。その問題はまた改めて」

紀尾中は悔しそうに口をつぐみ、五十川はふたたび優越感に満ちた笑みを浮かべる。

「ほかに意見がなければ、次」

万代に促されて、平良がスクリーンの横に進み出た。平良もパワーポイントを使うが、これまでも何度か同じ説明をしているので、役員たちは手元の資料を見ることもなく、弛緩した顔をスクリーンに向けるのみだ。

安富ワクチンが直面している抗体排泄の問題では、平良自身が口ごもってしまい、逆に役員たちに説明のあいまいさを印象づける結果になってしまった。

その雰囲気を挽回すべく、平良は新しく作った画像を示し、声を強めた。

「これまで安富ワクチンは、稀少がんである腺様嚢胞がんにしか適応がないとされておりましたが、今般、胃がんにも有効であるという研究結果が得られ、これにより、創薬のあかつきには処方される患者数が、一挙に二十倍に増えることになります」

その報告に審査委員の間から「ほう」という声が洩れ、それまで興味薄だった者もしっかりとスクリーンに顔を向けた。

平良は安富ワクチンの将来性について、できるかぎり明るい材料を並べ、否定的な事実には言及せず、役員たちの好感触を最大限に盛り上げたところで、最後に研究支援の申請額を早口に言った。

五十川がすかさず不服げに声をあげた。

「聞き取れない。もう一度」

「──二百五十億円、でございます」

平良が額の汗を拭いながら言うと、今度は役員から不穏なざわめきが起こった。紀尾中は厳しい表情で手元を見つめ、逆に五十川は愉快そうに口元を緩める。

このままでは終われないとばかりに、平良が必死の声で訴えた。

「しかし、安富ワクチンはがん治療において、これまでにない画期的な療法なのです。完成すればノーベル賞も夢ではありません。今、支援をやめてしまえば、これまで当社がかけた経費がすべて無駄になってしまいます」

五十川が独り言にしてははっきりした声でつぶやいた。

「そういうのをサンクコストと言うんじゃないか。コンコルドの誤謬にならなければいいがな」

「不規則発言は慎むように」

万代が注意し、五十川は「失礼いたしました」と頭を下げた。

「今のプレゼンに、質問か意見はあるかね」

万代の声かけに、財務担当の常務が手を挙げた。

「安富ワクチンが胃がんにも有効であるというのは、誠に喜ばしいニュースだと思います。これで適応患者が二十倍に増えるとのことですが、具体的な数字としてはいかほどになるのでしょうか」

フラットな聞き方だが、底意地の悪さが透けていた。もっとも、これは具体的な患者数を示さなかった平良の落ち度を衝《つ》かれたにすぎない。

「胃がんの患者は、毎年約十二万人が新たに診断されております。すなわち、十年で百二十万人の患者さんに投与できることになります」

平良としてはなるだけ患者数を多く見せかけようとしたのだろうが、これもよくない。紀尾中がそう思う間もなく、財務担当の常務がぞんざいに反論した。

「しかし、全員が安富ワクチンを使うわけでもないでしょうから、単純に二十倍というわけにはいかんだろう。現時点での胃がんの患者数は、約三十五万人と聞いている。先ほどの五十川部長のプレゼンでは、高血圧の患者は一千万人弱ということだから、やはり数の上では見劣りするな」

決めつけるように言われ、平良はうなだれる。

続いて医療安全担当の執行役員が発言を求めた。

「来年度の申請額が、今年度に比べて二倍強となっているようですが、その理由なり背景なりを聞かせていただけますか」

これも平良にすればいちばん触れてほしくない部分だ。

「安富ワクチンの抗体の排泄を抑制する方法に、試行錯誤が必要ですので、このような額になったと聞いております」

「試行錯誤をすると、有効な方策が確実に見つかるのでしょうか」

今度は露骨に意地の悪い聞き方だ。見つかるかどうかわからないから、試行錯誤を繰り返すのではないか。紀尾中は五十川に丸め込まれているらしい執行役員をにらみつけた。

平良が答えあぐねていると、五十川がおもむろに手を挙げて、発言を求めた。

「二倍強の研究支援が必要というのは、何か新しい発想で、問題の解決に取り組むということではないのですか」

言ってから、紀尾中に含みのある視線を向ける。まるで、こちらの手の内を見抜いているかのようだ。そんなはずはないと自分に言い聞かせながらも、紀尾中は、五十川の弱者をいたぶるような笑みから目を逸らせなかった。

五十川がさらに続ける。

「解決の見通しもなく研究を続けるというのであれば、投資を倍増しても、研究が完成する保証はありません。となれば、再来年度にもまた高額の申請が出る可能性もあるということでしょう。先ほど平良主任は、支援をやめればこれまでの経費が無駄になると言ったが、その無駄を惜しんで、取り返しのつかない損失を出してもよいものでしょうか」

「お待ちください」

紀尾中が声を強めて右手を挙げた。

「解決の見通しもなくとおっしゃいますが、安富ワクチンはまさに今、問題を克服しようとしております。望むらくは、この役員会までに結果を出せればよかったのですが、より確実な報告をさせていただくため、私の部下が今、阪都大学の生命機能研究センターで、安富先生とともに新しい手法の結果を確認しているところです。それがうまくいけば、安富ワクチンは一気に完成に近づきます。今しばらく、時間の猶予をいただけないでしょうか。お願いいたします」

役員の間に、ざわめきが広がった。五十川が嘲るような調子で紀尾中に言った。

「冗談言うなよ。役員の皆さんはお忙しいのに、来るとも来ないともわからん連絡を、ここでぼーっと待ってろと言うのか」

さらに万代に向き直って言う。

「社長。双方のプレゼンも終わりましたし、これ以上意見が出ないようでしたら、特定支援研究の採決に進まれてはいかがでしょうか」

役員たちを尻目に、強引とも思える発言だったが、自信にあふれた五十川の振る舞いを諭す者はいなかった。

万代は声を出さずに唸り、紀尾中の視線をまともに受けたあと、壁の時計に目をやった。

そのまま紀尾中に言う。

「時刻は午後四時五十分だ。君が待っているという報告は、いつごろ届きそうかね」

「間もなくだと思いますが――」

その答えに五十川が声を荒らげた。

「おい、ふざけるなよ。往生際が悪すぎるじゃないか。君が待っている報せというのを言い当ててやろうか。安富ワクチンはがん細胞に短時間しか留まれないから、新しいリンカーを使って強い放射線を出すアイソトープに切り替えた。ちがうか」

　五十川は勝負の見えた将棋で相手を追い詰めるように、嬉々として言葉を連ねた。

「君が待っているのは、その新しいアイソトープだろう。だがな、何を使おうと、強い放射線が出れば正常細胞も傷ついて副作用が出る。正常細胞を守れば、がん細胞は殺せない。このジレンマは解消できないのじゃないかね」

　五十川は勝ち誇ったように上体を反らせたが、紀尾中は動じずに相手を見返した。

「何だ。この期に及んでまだ負けを認めないのか」

　すごむように言ってから、五十川はあきれたように笑いながら牽制した。

「君はまさか、うまい具合に正常細胞は傷つけず、がん細胞だけ死滅させられるアイソトープが見つかりましたなんて、マンガみたいな連絡を待っているんじゃないだろうな。そんなものは、理論上、存在しないのだからな」

　そのとき、紀尾中の胸ポケットでスマートフォンが振動した。「失礼します」と会議の出席者にことわりを入れてから、紀尾中はスマホを耳に当てた。

「もしもし、私だ。どうだ、市橋君。実験は成功か」

　横で平良がすがるような目で紀尾中を見ている。万代はじめ、役員の全員が息を呑み、紀尾中に注目した。

「よし。わかった。よくやった」

いつも笑っているような紀尾中の目に、鋭い光が閃いた。

「やったんですね」

平良が両手の拳を握る。

「何だ、何がやっただ。どんなアイソトープが見つかったんだ。言ってみろ」

苛立つ五十川を無視して、紀尾中が万代とその場の役員達に説明した。

「安富ワクチンの問題は、五十川部長がおっしゃった通り、抗体が短時間しか留まれなかったことでした。細胞壁にあるＬＡＴ１というタンパク質輸送システムが働くからです。今回の実験では、抗体に液体ノリの成分であるポリビニルアルコールを混ぜることで、エンドソーム・リソソーム内に抗体が局在することが実証されました。すなわち、がん細胞内に抗体を長時間、留まらせることに成功したのです」

「液体ノリ？　新しいアイソトープじゃないのか」

五十川が取り乱し、「どういうことだ。そんな話、聞いてないぞ」と、その場にいないだれかに問うように声をあげた。さらに万代に向かって訴えた。

「液体ノリの成分を混ぜるだなんて、でたらめに決まっています。そんな方法でうまくいくはずがない」

「なぜそう断言できるんです。もしかして、だれかにスパイでもさせていたのですか」

紀尾中は五十川のほうに一歩踏み出し、金縛りのように動けずにいる相手を見据えた。

「五十川部長、あなたは私の評判を落とすため、過去の不祥事を調べようとした。うちの池野が田野支店長に乗せられて、私が高槻営業所にいたときの話をうっかり洩らしたのを利用してね。そのあと、あなたは池野を懐柔して、自分の陣営に取り込もうとした。しかし、彼は従うふりをしただけで、応じなかったのです。不用意なことを洩らしてしまったことを私に詫び、すべてを話してくれました。だから、私は、彼にそのまま五十川部長に寝返ったふりを続けるよう指示したんです。新しいリンカーによって強い放射線を出すアイソトープを使うアイデアは、たしかにありました。しかし、それは今、部長がおっしゃった通りのジレンマがあるので、安富先生に却下されました。そのあとで、うちの営業所にいる市橋君が、大学院で研究をしている先輩に相談して、液体ノリの成分を使うアイデアをもらってきたのです。市橋君は自分の父親が腺様嚢胞がんで亡くなっていたので、安富ワクチンの完成に貢献したいと、強く思ったのです」

「池野は、二重スパイだったのか」

五十川が呻くと、紀尾中が厳しく否定した。

「人聞きの悪いことを言わないでください。彼ははじめから終わりまで、ずっと私の忠実な部下です。それをあなたが勝手にスパイに仕立てようとして、空振りしただけのことです。

それに――」

紀尾中は安富ワクチンの書類とは別のファイルから、一枚の紙を取り出して、五十川に突きつけた。

「つい昨日、私のところにこんな手紙が届きました。五十川部長の過去の不正を告発するものです。五十川部長。あなたは以前、西大阪営業所の所長をされていたとき、あなたのミスで使用期限が切れたまま在庫になってしまった抗生剤のポルキス、六千錠を、使用期限を書き換えたパッケージに詰め替えて、卸に出したそうですね。製薬会社の社員として、許しがたい行為です」

五十川は明らかに動揺し、後退しかけた額から汗が噴き出すのが見えた。正面で万代が眉を動かし、鋭い視線を五十川に当てる。ほかの役員たちも疑念の目を向けている。

「そんなことは知らない。私を陥れるためのでっち上げだ。証拠はあるのか」

わめく五十川に、紀尾中が冷静に返した。

「告発状にはこう書いてあります。『五十川部長が証拠はあるのかと開き直ったら、こう言ってください。当時の西大阪営業所の事務を担当していた女性が証言してくれると。私も彼女から事実を聞いたのですから』。いかがです」

「でたらめだ。そもそもいったいだれがそんな手紙を送ってきたんだ」

「差出人は書かれていません。しかし、消印は米子局になっています。閑職に追いやられただれかが、暇にあかして調べたんでしょう。証言だけでなく、無理に薬の詰め替えをさせられた女性事務員は、証拠になる画像を保存しているとのことです」

愕然とする五十川を尻目に、紀尾中は万代に向き直って姿勢を正した。

「製薬会社の人間として、薬の使用期限の書き換えは、決して許されない行為です。会社としても見過ごすことのできない由々しき問題ではないでしょうか」

万代が無言で深くうなずく。

「不正と言えば、これもあまりほめられたことではないわね」

追い打ちをかけるように言ったのは、常務の栗林だった。

「五十川部長からメガプリルを特定支援研究にしてほしいとの話があったので、わたしも少し周辺を調べさせてもらいました。そしたら新藤マサル先生が社長を務める『ダブルウィンズ』というベンチャー企業の未公開株を、五十川部長は五千株、譲渡されたようですね。それでうちからの投資が決まれば、新藤先生は『ダブルウィンズ』の株を上場する予定だった。当然、株価は急騰し、五十川部長は多額の利益を得ることになる。これは投資に対する利益相反になるのではありませんか」

五十川は顔色を失い、しどろもどろになって言った。

「たしかに、新藤先生からは、株の譲渡を持ちかけられましたが、立場上困りますので、お断りしようとも思ったのですが、それも角が立ちますので、一応、お預かりしておくということにしただけです。上場のことはまったく存じ上げません。誓って、存じなかったことです」

「その割には、最近、証券会社の担当が、頻繁に部長室に来ていたそうじゃない。あなたは気づいていないでしょうが、総務部で噂になっているようよ」

五十川は目が泳ぎ、両腕から力が抜けて、抜け殻のようになって立ち尽くした。

「栗林さん。そのへんでいいだろう」

万代が声を落として言い、改めて役員たちを見渡した。

「審査の本題にもどろうと思うが、何か言い残したことはないかね」

「申し訳ありません。ひとつ言い忘れておりました」

紀尾中が静かな声で続けた。

「ただいまの連絡で、安富先生は安富ワクチンの問題が解決したからには、新たな試行錯誤が必要なくなるので、来年度の研究支援の申請額を、今年度と同じ、百二十三億円に下方修正させていただきたいとのことです。その支援金を利用して、臨床試験の準備をはじめるとおっしゃっています」

役員の間に納得と安堵の空気が広がる。これで決まりだろう。紀尾中は口元に笑みを浮かべ、文字通りのアルカイック・スマイルで万代を見た。

万代が採決に進もうとしたとき、財務担当の常務が発言を求めた。

「ただいまの紀尾中所長の説明ですと、安富ワクチンが来年度にも臨床試験を終えて、実用化されるような話に聞こえますが、臨床試験をはじめるまでには、まだいくつかの関門があり、また、臨床試験においても、必ず良好な結果が得られるとはかぎりません。これまではほかに有望なシーズがなかったために、安富ワクチンを特定支援研究にしてまいりましたが、新たにメガプリルという有望なシーズが提示された今、限られた研究開発費の重点配分には、より慎重な議論が必要かと存じます」

「慎重な議論というと？」

「収益に関する期待値であります。先ほど来、問題となっておりますのは、五十川部長の行状についてであって、メガプリルおよび新藤先生のご研究については、何ら問題は出ておりません。がん治療も重要ではありますが、高血圧および認知症予備軍の患者数を考えますと、同じ投資でも、将来見込まれる売り上げに、かなりの差があるのではないかと思われます」

魂が抜けたようになっていた五十川に、かすかな生気がもどったように見えた。財務担当の常務が、五十川からきつい鼻薬を嗅がされたのか、あるいは単純に財務上の配慮からの発言かはわからなかった。

「たしかにそうだな」

万代が低くうなずいた。役員の間に、微妙なざわめきが湧き起こった。改めて試算するまでもなく、売上額の見込みは、患者数で圧倒的に勝るメガプリルが有利だった。紀尾中は救いを求めるように栗林を見たが、彼女は口元を引き締め、沈黙を守ったままだった。

「それでは、予定の時間もだいぶ超過したようだから、採決に入りたいと思う。いつも通り、挙手をお願いする」

万代の言葉に、役員たちは口をつぐみ、姿勢を正した。

「特定支援研究の対象として、まず、メガプリルを推す者は？」

財務担当の常務、海外事業担当の執行役員、ほかに六人が戸惑いながら手を挙げた。

「では、安富ワクチンを、引き続き特定支援研究とすべきだと思う者」

栗林をはじめ、残りの七人がやはりおずおずと手を挙げた。

正面の上座で万代が唸った。

「八対八か。では、社長裁決で私が決めよう」

一同が緊張する。五十川も瀕死の状態から復活し、万代にすがるような目線を送った。

「特定支援研究の対象は、社の将来を決めかねない重要な決断となる。私としては、この重大な決断を下す前に、今少し吟味したいことがある。従って、最終判断は一カ月後、新年を跨いだ後、下したいと思う。以上」

言い終わると万代は席を立ち、社長室に近い前の扉から出て行った。紀尾中はそれを茫然と見送るしかなかった。いったい何を吟味するというのか。

横に立ち尽くしていた五十川が、拳を握りしめ、俯《うつむ》いたまま腕を震わせはじめた。田野の内部告発に怒っているのか、それとも栗林の密かな調査に腹を立てたのか。紀尾中に恨みがましい目を向けると、ふいに思い詰めたようすで、持ち込んだ資料もそのままに、会議室を出て行った。

38　経営戦略

年明けの一月十二日。

大阪の帝国ホテルで、例年通り製薬協の学術フォーラムが開かれた。今回はひとりで出席した紀尾中が、二階のカフェで昼食後のコーヒーを飲んでいると、向こうからまたも見たくない顔が近づいてきた。

「よう。今日は腰巾着みたいな若手は連れてきてないのか」

無遠慮なだみ声で、断りもなしに椅子を引いたのは、タウロス・ジャパンの鮫島淳だった。

「去年はおまえにしてやられたよ。だが、これで終わりじゃないからな」

「診療ガイドラインのことか。その件なら俺もいろいろ楽しませてもらったよ」

憎まれ口で返すと、鮫島は強面《こわもて》の三白眼を細めて、「フン」と嗤った。

「ところで、俺んところに新しい上司が来てな。なかなか目先の利く人だ。だれだかわかるか」

他社の人事など、わかるわけがない。そう突っぱねようとすると、鮫島が薄い唇でニヤリとした。

「おまえの知ってる人だよ」

「――まさか」

「そう。五十川さんだ。昨年末で天保薬品を退社して、一月一日付でうちの執行役員待遇になった」

知らなかった。先月の役員会ではかなり自暴自棄になっていたようだが、まだ特定支援研究の結果が出ていないのに、会社までやめてしまうとは。

「おまえんとこでいろいろあったみたいだな。年始の会で俺がおまえの名前を出したら、五十川さんはひどく興奮してな。おまえのことを思いっきりくさしていたぞ。紀尾中は獅子身中の虫だ、きれい事ばかり並べる似非《えせ》理想主義者だってな」

応えずにいると、鮫島は込み上げる笑いを堪えるようにして言った。

「五十川さんには大いに働いてもらう予定だ。天保薬品で培った経験とノウハウを生かしてな。それで有益な情報を吐きだしたら、お引き取り願うことになるだろう。執行役員待遇は一年ごとの契約だからな」

「五十川さんは知っているのか」

「知るわけないだろ。ご本人は将来的に常務のポストに就くつもりでいるんじゃないか。そういう口約束もあったみたいだから」

「だったら、簡単にはやめさせられないだろう」

「口約束は口約束。前に『働き次第で』とついているのをお忘れなくってことだ」

鮫島はちらと腕時計に目をやり、ウエイトレスが運んできた水を断った。次の予定があるらしく、ゆっくりと席を立つ。

「上昇志向の強い人間は脇が甘いからな。俺も自戒しているよ。また、どこかで会おう」

悠然と立ち去る鮫島の背中を、紀尾中は複雑な思いで見送った。


三日後、平良から連絡があり、来年度の特定支援研究が、安富ワクチンに決まったと知らされた。

「そうか。よかった。これで安富ワクチンはいよいよ臨床試験だな。実用化も目前だ。万代社長も結局はブレなかったということだな」

紀尾中はスマートフォンを耳に当て、会心の笑みを浮かべた。ところが、平良の声が沈んでいた。

「どうかしたか」

「実は、内々に聞いたんですが、万代社長は安富ワクチンの実用化が決まったら、適応症を腺様嚢胞がんのみで申請するおつもりらしいんです」

「安富ワクチンは胃がんにも有効なはずだろう。それが特定支援研究に決まった大きな理由じゃないのか。それとも、胃がんに効くというのはまちがいだったのか」

「いいえ。胃がんへの有効性はほぼ確認されています」

「だったら、なぜ――」

声を強めて、紀尾中ははっと気づいた。

「まさか、薬価か」

「たぶん」

新薬の薬価、すなわち薬の値段は、厚労省の薬価算定ルールで決められる。類似薬がない場合は原価計算方式が取られ、そこには製造原価や流通経費、営業利益などが含まれるが、重要な要素として、市場規模予測が加味される。すなわち、その薬を投与する予測患者数が多ければ単価は安くなり、逆に少なければ高くなる。万代はこの仕組みを利用、いや悪用しようとしているのだ。

浮かれた気分も消し飛び、紀尾中は密談でもするように声をひそめた。

「腺様嚢胞がんで薬価が決まったあと、適当な期間を置いて、胃がんへの効能追加をするつもりなのか」

「おそらく」

平良も同じことを疑っているようだった。

安富ワクチンが有効とされる腺様嚢胞がんは、年間の患者数が約六千なので、その計算でいけば、単価は八十五万円前後ということになる。その値段が決まったあとで、年間の患者数が約十二万人の胃がんにも適応を広めれば、売り上げは一気に一千億円を超える。あっという間にブロックバスターの誕生というわけだ。

これはもちろんアンフェアなやり方だ。胃がんにも効くことがわかっているなら、効能追加ではなく、はじめから胃がんも適応症に入れるべきで、その場合、分母になる患者数が一挙に二十倍に増えるから、単価は四万なにがしに下がる。

すなわち、万代は四万なにがしの薬を、約八十五万円で売ろうとしているのだ。これが「常に患者ファーストを心がけよ」と言っている人間のすることだろうか。

「それから、総務部の知り合いに聞いたんですが、この前の役員会のとき、紀尾中さんが暴露した五十川部長の不正行為、ポルキスの使用期限の改ざんも、万代社長は公表も謝罪もしないおつもりらしいです」

あのとき、会社としても見過ごすことはできない問題だと訴えたら、万代はたしかにうなずいたはずだ。

「いくら過去のことでも、五十川のやったことは道義上許されるべきことじゃない。少なくとも、製薬協には報告して、ホームページで謝罪するなり、再発防止に努めるアナウンスを出すなり、しかるべき対応が必要だろう」

「そうですよ。でないと、現場でまじめに働いている僕たちの立場がありませんよ」

「わかった。どうすべきか、少し考えてみる」

紀尾中は深い失望を感じて通話を終えた。

万代に直接、談判すべきだろうか。いや、慎重にしたほうがいい。紀尾中が考えたのは、まず常務の栗林に相談することだった。

翌日、紀尾中は本社に栗林を訪ねた。彼女は安富ワクチンが来年度も特定支援研究に決まったことを祝し、紀尾中にねぎらいの言葉をかけてくれた。しかし、単純には喜べない。

「今日、私が常務をお訪ねしたのは、少し厄介なことを耳にしたからです。その相談に乗っていただきたくて参りました」

紀尾中が思っていたことを訴えると、栗林は言い分を予測していたかのようにうなずき、内線の受話器を取って、社長秘書の番号を押した。

「例の件で、紀尾中所長が来てるんだけど、社長は今、空いてるかしら」

秘書が確認する時間を待って、「わかりました」と、受話器を置いた。

「例の件とは何ですか。社長は何かご存じなんですか」

「ついて来ればわかるわ」

栗林は席を立って、同じフロアの社長室に向かった。

重厚な木製扉をノックする。

「どうぞ」

中から万代の艶のある低音が聞こえた。栗林は静かに扉を開く。

手前に十人は楽に座れる黒革張りのソファセットがあり、万代はすでに正面の一人掛けのソファで二人を待っていた。

「先日の役員会での活躍は見事だったな。まあ、座りたまえ」

勧められて、紀尾中は万代の斜め前に座った。栗林は奥にまわり、紀尾中に向き合う位置に腰を下ろす。

「我が社の特定支援研究は、引き続き安富ワクチンでいく。がんの治療薬として、画期的な方法だからな。そのことについて、何か意見があるのかね」

社長の威厳に満ちた問いかけに、紀尾中は一瞬、気おくれしそうになったが、勇気を奮って訊ねた。

「安富ワクチンの薬価基準収載希望書を、腺様嚢胞がんの適応のみで申請されるとうかがいましたが」

「そうだ」

「しかし、安富ワクチンは胃がんにも有効であることが、ほぼ確認されています。適応症には胃がんも含めるべきではありませんか」

万代は薄く微笑み、ゆっくりとした口調で答えた。

「たしかに、胃がんにも有効であるようだが、今、君も言った通り、それはまだほぼ確認された段階で、確実になったわけではない」

「では、申請までに確実になれば、適応症に含めるおつもりなんですね」

「さあな。その確認までは手がまわらないのじゃないか。ほかにもすべきことがいろいろあるようだから」

薄く笑う万代に、紀尾中はここが勝負とばかりに斬り込んだ。

「わざと確認を遅らせるおつもりですか」

万代はあきれ顔で背もたれに身体を預け、乾いた苦笑を洩らした。

「建前論はこのへんでいいだろう。君を相手につまらん取り繕いをするつもりはないよ。安富ワクチンが胃がんにも有効であることは、私もよく知っている。それでも適応症に入れないのは、君も察している通り、薬価を高額に設定するためだ。腺様嚢胞がんの治療で評判を高めておいて、胃がんに適応申請をする。データがあれば、当然、厚労省も中医協（中央社会保険医療協議会）も受理せざるを得ないだろう。それで安富ワクチンはブロックバスターになる。安富先生にも莫大な利益が転がり込むし、我が社も潤う」

「しかし、道義的に問題ではありませんか。本来ならさほど高額にならない薬価を、意図的に操作して超高額に設定するのですから」

紀尾中も率直に言った。万代が答えないので、さらに言い募る。

「おっしゃる通り、我が社は潤うでしょう。しかし、高額な治療費を払う患者さんは、不要な負担を強いられます。それは社長が常々おっしゃっている患者ファーストに反するのではありませんか」

「たしかに、患者には多少の負担をかけるだろうな。しかし、日本の医療保険には高額療養費の制度がある。いったん支払う必要はあるが、収入に応じて払い戻しが受けられる。限度額適用認定を受けておけば、いったん支払う必要もなくなる。それに、病気の治療にある程度の負担が伴うのは、当然のことだろう」

「ならば、日本の医療費の問題はどうです。患者の負担は軽減されても、超高額医療は医療費を押し上げます。我が社の利益のために、日本の医療保険財政を逼迫《ひっぱく》させてもよいのですか」

万代は余計な心配だと言わんばかりに、右手を振った。

「どうせ、政府が放ってはおかんさ。あるタイミングで大幅値下げを要求してくるだろう。そうなれば、逆らわずに受け入れればよい。我が社は戦略的にある期間、利益を追求するだけで、ずっと儲けられるわけではない」

「しかし、胃がんの適応申請を遅らせれば、その間、胃がん患者は安富ワクチンが使えないことになります。そのために命を落とす患者もいるでしょう。それについてはどうお考えですか」

紀尾中の追及に、万代ははじめて表情を硬くし、かすかに呻いた。

「君の言う通り、少しの間、胃がん患者に対する安富ワクチンの治療は遅れるだろう。治験という形では使用されるが、一部にすぎない。そのことについては、申し訳なく思う。だが、胃がんの治療は安富ワクチンだけではなく、手術もあればほかの抗がん剤もある。これまでの治療で多くの患者が助かっているのだから、その遅れが原因で犠牲となる患者は、さほど多くはないだろう」

「しかし、ゼロではないでしょう。大事な身内を亡くす人もいるはずです。であれば、一日でも早く安富ワクチンを使えるようにすべきです」

栗林が不安そうな顔を万代に向けた。万代も反論できないようすだ。紀尾中はこの機を捉えて、もう一つの問題に話を移した。

「私が役員会で明らかにした五十川部長の不正、ポルキスの使用期限の改ざんについては、どうされるおつもりですか。まさか、事実確認ができていないから、公表しないというのではないでしょうね」

「事実は確認した。君が暴露するまでもなく、私のところにも内部告発の手紙は届いていたからな。結果は黒だったから、五十川君には責任を取ってやめてもらった。社としては、それ以上のことは考えていない」

「製薬協に報告して、公式に謝罪と再発防止に努める声明をお出しにならないのですか」

「しない」

「なぜです」

「社長としての判断だ」

万代の表情が強張った。その物言いは、問答無用と言っているのも同然だ。しかし、紀尾中は引き下がらなかった。

「それも社長が常々おっしゃっている患者ファーストの心がけに反するのではないのですか。患者に誠意を尽くすなら、過去のことでも不正は公表すべきだと思いますが」

紀尾中も必死だった。これまでの信頼の気持を、精いっぱい前面に押し出して万代に迫った。

緊張が高まったとき、栗林が言葉をはさんだ。

「紀尾中君の気持はよくわかる。あなたの患者さんを思う熱い心は見上げたものです。だけど、頭まで熱くなっていては現実を見失う。会社を動かすには、冷徹な判断も必要でしょう。社長はそのことをお考えなんだと思う」

栗林の言葉に救われたように、万代は緊張を解いて説明した。

「五十川君の不正で、もしも一人でも犠牲者が出たとか、患者側に不利益をもたらしたのなら、私は潔く謝罪するつもりだった。しかし、使用期限切れのポルキスが処方されたと思われる時期と地区を調査したが、有害事象の報告はなかった。元々、薬の使用期限は、常に最短になるデータを採用しているからな。より安全性を高めるためという名目だが、裏の理由は、使用期限の切れた薬を廃棄し、新たな売り上げを増やすようにするためだ。だから、半年やそこら使用期限を延ばしたところで、実害はあり得ない。その状況で、不正は不正だとして、公表し謝罪すれば、天保薬品の評価は下がり、薬の売れ行きも落ちるだろう。それは会社のためにまじめに働いてくれている大勢の社員の不利益につながる。彼らには何の落ち度もなく、医療のため、患者のためにひたすら努力を重ねてくれているのだ。そんな社員たちに謂《いわ》れのない不利益を押しつけるわけにはいかない。だから、私は社長として、この件を公表しないことにした。もしもどこかからマスコミに洩れれば、私は事実を把握していながら、隠ぺいしたと批判されるだろう。そのときは責任を取って社長を辞任するつもりだ」

万代は辞任の覚悟まで決めて、社員を守るために五十川の不正を公表しない決意を固めたのだ。そのことに紀尾中は抵抗できない何かを感じた。

押し黙った紀尾中に、万代はさらに続けた。

「私が特定支援研究に安富ワクチンを選んだのは、やはりがん患者の救済がより重要だと判断したからだ。しかし、今のままでは、五十川君が持ち込んだメガプリルに比べ、収益性で劣ることは隠しようもない。これでは株主総会を説得できない。そこで考えたのが、薬価申請における時間差のカラクリだ。今、君が指摘したように、安富ワクチンの使用が遅れることで、命を落とす患者がいる可能性もある。しかし、まずは株主を説得して、特定支援研究の座を維持しなければ、そもそも安富ワクチンを完成させることができない。株主総会でメガプリルへの支援を求められたら、丸腰では抵抗できないのだから」

目先の正義に囚われて、まじめ一本槍で進めば、株主総会を乗り切れず、支援そのものを打ち切られるということか。しかし、それでいいのか。

紀尾中はなお、納得のいかないまま万代に向き合っていた。

栗林が補足するように横から言った。

「社長は安富ワクチンを完成させるための方便として、薬価を高額に設定する戦略を考えられたの。安富ワクチンが完成すれば、多くの胃がん患者が救われる。それは結果として、患者ファーストにつながるのじゃないかしら」

「栗林さん。きれい事はもういい。私が安富ワクチンをブロックバスターに仕立てる戦略を取ったのは、ひとえに会社のためだ。それは社員のためでもある。患者ファーストの心がけは世間に向けての表看板だ。その真意は、天保薬品の売り上げにつなげることにある。裏の看板は社員ファーストだ。それが社長として、私が常に心がけていることだよ」

もちろん、社員は大事だろう。しかし、それでは結局、金儲けが大事と言っているのと同じではないか。製薬会社としての社会的責任、病気に苦しみ、不安に怯える患者の気持、現場で懸命に治療に取り組む医療者の努力、自分たちはそれらに少しでも役立つためにMRとして頑張ってきたのではないのか。

無言で拳を握る紀尾中に、万代は穏やかな口調で言った。

「私には社員だけでなく、その家族に対する責任もあるのだ。会社のために懸命に働き、人生の大半の時間を使って会社を支えてくれている社員諸君とその家族が、喜び、幸せに暮らせるよう采配する。それが私の役目だ。君にはきれい事ではなく、率直な気持を伝えたつもりだ。なぜ、そうしたかわかるか」

栗林がすっと席を立ち、万代の後ろ側にまわった。

「君にいずれこの会社を率いてもらいたいと思っているからだよ。そのためには、乗り越えてもらわなければならないこともある」

万代の目に怪しい光がうごめいた。後ろで栗林がうなずく。

どういうことか。会社の利益のために、誠意や正義を押しつぶせと言うのか。それでは鮫島や五十川と同じではないか。自分と同じ側にいたと思っていた万代と栗林が、気づけば対岸に立っている。

ふと鮫島の言葉がよみがえった。

――口約束は口約束。

安富ワクチンや五十川の不正で、自分がうるさいことを言うのを封じるために、万代は目の前に餌をぶら下げているのか。

紀尾中はソファに浅く腰かけたまま、後ずさりしたい気分だった。

下がった後ろには〝公正〟の平らかな大地が広がっているのか、それとも〝現実〟という断崖が口を開いているのか。

自分はあと何歩、下がれるのか――。

紀尾中は身じろぎもせず、膝の上で拳を握った。

万代の背後には、黒光りする重厚な社長の執務机が、動かしがたい重圧を放って鎮座していた。

参考文献

・『研究不正と歪んだ科学　ＳＴＡＰ細胞事件を超えて』榎木英介〔編著〕／日本評論社／２０１９年
・「選択」２０１７年８月号「中外製薬が抗がん剤で『研究不正』」https://www.sentaku.co.jp/articles/view/17247
・「フォーサイト」２０１７年12月５日「医療崩壊（７）」上昌広 https://www.fsight.jp/articles/-/43071
・『これでいいのか、日本のがん医療』中村祐輔／新潮社／２０１３年
・『知ってはいけない薬のカラクリ』谷本哲也／小学館新書／２０１９年

＊本作はフィクションであり、実在の人物、団体等とはいっさい関係ありません。
＊薬名は初出時に〈〉をつけたものは実在し、《》をつけたものは架空です。

解説

喜多喜久

多くの方には初めましてになるかと思います。小説家の喜多喜久《きたよしひさ》と申します。

文庫本の解説を務めるのはこれが三度目で、さほど経験があるわけではありません。それにもかかわらずこうして僕に声が掛かったのは、製薬企業で働いていた経験があるからに他なりません。

所属部署は研究部門で、キャリアは約十四年です。新しい薬の主成分になる物質を化学的に合成するのが主な仕事でした。ただ、新人時代に研修の一環で一週間ほどMRとして勤務したことはあります。また、同期のMRと何度か飲みに行ったこともありました。ですので、現場を知る人間として本作の読みどころをお伝えしたいと思います。

（ちなみにこれは偶然ですが、僕は本作の舞台である堺市に住んでいた時期があり、モデルになったと思われる病院をいくつか思い浮かべることができます）

なお、以降の文章では本作の内容に言及する箇所があります。未読の方はぜひ先に本文を読了することをオススメします。


ＭＲ――日本語では「医薬情報担当者」――の主な仕事は、①自社の医薬品の宣伝活動②効果や副作用に関するフィードバックの二本柱とされており、僕もそういう認識でいました。とにかく医師や薬剤師と会い、自社製品をアピールする。売り上げを確保するために医療関係者に尽くし、ルール上許される範囲で接待を行い、良好な関係を築く。それが仕事だと思い込んでいました。

しかし、その考えはどうやら甘かったようです。

本作に登場するＭＲたちの活動は驚くほど多種多様です。権力を持つ医師にあの手この手で擦り寄って懐柔《かいじゅう》を試みたり、薬物の有効性を過度に強調するためにグレーゾーンぎりぎり（というかアウト）のデータ処理を行ったり、他社を陥《おとしい》れるために裏工作を行ったり……と、どこぞの国のスパイですか？　と突っ込みたくなるような、多彩かつ狡猾《こうかつ》な活躍ぶりを披露しています。高級料亭での接待の様子は、世間がイメージする悪徳政治家たちの会合のようです。

一方、本作の主人公である紀尾中《きおなか》は違います。MRとしては異例なほど清廉潔白《せいれんけっぱく》な人物として描かれており、卑劣《ひれつ》な敵（医師、他社MR、上司など）の妨害や攻撃に、何度も苦境に立たされることになります。それでも紀尾中は信条である「患者ファースト」を堅持しながら、自分が正しいと信じる道をひたすらまっすぐに歩き続けます。医薬品業界に明るくない方でも、きっと彼の頑張りを応援したくなることでしょう。

弱音を吐くことなく、あらゆる苦難に堂々と立ち向かい、そして最後には大逆転で勝利を掴み取る……この爽快感が本作の醍醐味《だいごみ》であり、非常に良質なエンターテインメントに仕上がっています。混沌《こんとん》とした思惑《おもわく》が蠢《うごめ》くMRの世界を描ききり、荒唐無稽《こうとうむけい》ではなく、むしろ怖いくらいのリアリティを伴うストーリーを作り上げた作者の構成力、筆力に拍手を送りたい気持ちになりました。

ただ、楽しく読み進める中で、どうにも気になることが出てきました。紀尾中、そして彼が勤める天保《てんぽう》薬品の社長である万代《まんだい》が掲げる「患者ファースト」のスローガンのことです。「患者ファースト」という言葉は病に苦しむ人々にとっては心強く聞こえるものだと思います。理念として、揺らぐことのない強さを備えています。ただ、立場を変えてみると見方も変わってきます。薬を提供する側である、医薬品業界に関わる人々は何を「ファースト」に置いているのでしょうか?

　自分が製薬企業の社員だった頃は、「サイエンスファースト」の精神で研究活動を行っていました。無論、「患者のことなんてどうでもいいや」と軽視していたわけではありません。薬が使われる現場との距離が遠すぎて実感が湧かなかった、というのが正直なところです。もちろん「患者ファースト」を意識している人もいるでしょうが、研究部門の従業員の大半はサイエンスを重視しているのではと思います。

　紀尾中の同僚MRはどうでしょうか。彼らは紀尾中ほど患者優先主義ではなく、それよりは自社製品の売り上げを第一に考えて行動しているような気がしました。たぶん、こちらが実在のMRの姿に近いように感じます。営業ノルマを常に意識せざるを得ないでしょうし、どこまで行っても競争社会ですので。

　では、先ほど僕が「卑劣な敵」と表現した人々は、何を一番に行動していたのでしょうか?

　読んだ印象としては、「利益」「立場」「名誉」あたりでしょうか。金や権力に目がくらみ、時には患者の健康をないがしろにしてでも自分の大切なものを守ろうとしていたように思います。

　僕が疑問を抱いたのはここです。彼らは本当に悪人なのでしょうか?

例えば紀尾中のライバルとして描かれている、タウロス・ジャパンの鮫島《さめじま》はどうでしょうか。彼は憎たらしいキャラクターですが、自社製品の売り上げを伸ばし、会社に利益をもたらすために行動しています。会社員としての責務に忠実と言い換えることもできそうです。

上司から指示を受け、会社が望むことを真面目にやっている……それは果たして「患者ファースト」に劣るのでしょうか。崇高《すうこう》な理念が欠如しているからダメ、と非難されるようなことなのでしょうか。

そんな疑問について想いを巡らせながら読んでいくと、実は万代社長の真のポリシーが、「患者ファースト」ではなく「社員ファースト」であることが明かされます。医療費が高くなっても構わないから、自社製品の値段を釣り上げ、売り上げを最大化する。そうして得た利益を還元し、社員やその家族を幸せにする。彼は社長としてそれを第一に考えているというのです。万代は誰よりも現実主義者だったわけです（そしておそらく、他の役員も彼に賛同しています）。

最終盤のこの展開によって、衝撃を受けた読者もいたのではないでしょうか。

結局のところ、人間は身の回りにいる人間のことを考えて行動しているのだ、という真理が突き付けられた瞬間、紀尾中と同じように、僕も困惑しました。これまで作中で紀尾中と戦い、敗れ去った人々もまた、手の届く範囲で幸せを摑み取ろうとしていたのではないか、と考えてしまったからです。

あえてラストで善悪の境界線を曖昧《あいまい》にすることで、MR――ひいては日本の医療について考えさせる。それが、本作の最も重要なテーマだったのかもしれません。

日本の医療に関する議論は解説の枠を逸脱するので、ここではMRに絞ってもう少し考えを進めたいと思います。

本作の序盤でも言及されていますが、「MRは本当に必要なのか？」という議論は昔からあります。僕が会社に入ったのは二〇〇三年ですが、おそらくそれよりずっと前からMR不要論があったと思います。

僕は、MRはいらない派の人間です。効果や副作用に関するフィードバックは医師や薬剤師が簡便に行える仕組みを作れば済むことですし、サイエンスに基づいて判断すれば、患者にとって最適な薬剤が自ずと絞り込まれるはずだからです。わざわざ誰かが売り込みを掛ける必要はありません。

医薬品の価格には開発に掛かった費用や原材料費のみならず、製薬会社の人件費も含まれています。もしMRに支払っている給与分が浮けば、回り回って薬価が下がり、医療費を減らせるかもしれません。また、人件費を研究開発費に回すことで新薬開発が活発になり、薬を渇望している患者を救えるかもしれません。

これは「患者ファースト」の理念に則った方針ではないでしょうか？　理想の追求の果てに、ＭＲがこの世から消滅する――そんな皮肉な未来を想像することもできてしまいます。

今のは極論にしても、昨今はＡＩの技術もますます発展していますし、患者の病状や検査結果から処方を決定することはより容易かつ高精度になっていくはずです。そこにＭＲの存在は必須ではない、というのが僕の個人的な意見です。

ただ、本作を読み終えて、少し考えが変わりました。ＭＲが不要になる未来はいずれ訪れると思いますが、それはずいぶん先になるような気がします。なぜなら、医薬業界で働く人たちはみな、自分自身の「ファースト」を持っていて、それに従って生きているからです。

医薬品を売り込むＭＲ、それを処方する医師、販売する薬剤師、服用する患者……医薬品を巡る今の世界を支配しているのは、「サイエンス」ではなく、「個々人の大切なもの」です。決して理屈だけで動くわけではありません。言い方は悪いかもしれませんが、そこには付け入る隙があるのです。だからＭＲの活動には意味があり、そして実際に売り上げを伸ばす効果があるのでしょう。

あなたのすぐそばにある医薬品も、様々な思惑が絡み合った末に手元に届いたものであるはずです。もちろん毒やプラセボではないでしょうが、今の症状に最適な薬と断言できるでしょうか？　ＭＲの世界を知ったこの機会に一度、身の回りにある医薬品について調べてみるのも面白いかもしれません。

――小説家

この作品は二〇二一年四月小社より刊行されたものを
文庫化にあたり二分冊したものです。

MR（下）

久《く》坂《さか》部《べ》羊《よう》

令和5年4月10日　初版発行
令和5年5月31日　3版発行

発行人――石原正康
編集人――高部真人
発行所――株式会社幻冬舎
〒151-0051東京都渋谷区千駄ヶ谷4-9-7
電話　03(5411)6222(営業)
　　　03(5411)6211(編集)
公式HP　https://www.gentosha.co.jp/
印刷・製本―中央精版印刷株式会社
装丁者――高橋雅之

幻冬舎文庫

ISBN978-4-344-43286-4　C0193　く-7-11